AF220757

Jan J. Laurenzi

Mutter Corona
und die Rettung der Welt.

Botschaften aus der Psychiatrie

Eine Fiktion

Bibliografische Information der Deutschen Nationalbibliothek: Die Deutsche Nationalbibliothek verzeichnet diese
Publikation in der Deutschen Nationalbibliografie. Detail-
lierte bibliografische Daten sind im Internet unter
http://dnb.d-nb.de abrufbar.

Impressum:
© 2020 Laurenzi, Jan J.
Herstellung und Verlag: BoD, Books on Demand,
Norderstedt , ISBN 978-3-7519-7631-2
Cover: Jan J. Laurenzi

Die Menschen sollten genau beobachten, was jetzt in diesen Tagen geschieht. Es wird ein großes Scheitern geben, das ist unausweichlich. Nur was daraus wird, liegt in des Menschen Hand: Tod und Verderben oder Neugeburt und Erlösung.

(Petra S. alias Mutter Corona)

Notwendige Einführung

Die in diesem Buch aufgezeichnete Begebenheit ist frei erfunden. Entsprechend sind die wiedergegebenen Gespräche fiktiv. Geschichte und Gespräche haben jedoch eine reale Grundlage: die Corona-Pandemie, die seit Januar 2020 das Leben aller Menschen weltweit grundlegend beeinflusst und verändert. Der Zeitrahmen des Geschehens erstreckt sich von Anfang Juli bis Mitte September 2020.

Eine konkrete Handlung gibt es nicht. Ein Assistenzarzt in einer psychiatrischen Klinik in Süddeutschland betreut eine 54-jährige Patientin, die mit Verdacht auf akute paranoide Schizophrenie auf der geschlossenen Abteilung des Hauses liegt. Während verschiedener Untersuchungen ist nicht klar, ob es sich nicht auch um eine dissoziative Identitätsstörung, eine gespaltene Persönlichkeit also, handelt. Schon beim Erstgespräch fällt dem Arzt auf, dass die Patientin zwar deutlich psychotische Zeichen zeigt, ihre gemachten Äußerungen jedoch inhaltlich wie auch vom verbalen Ausdruck in starker Diskrepanz zur intellektuellen Ebene der Frau stehen, wie sie ihrem Bildungsniveau entsprochen hätte. Sie äußert sich oft sehr detailliert zu gesellschaftlichen, politischen, wissenschaftlichen und weltanschaulichen Fragen verschiedenster

Art. Zwar sind ihre Aussagen weitgehend von ihrem psychotischen Krankheitsbild geprägt, sie verweisen aber immer wieder auf eine zwar unkonventionelle, aber eigenständige, tiefgründige und bisweilen nicht einer gewissen Logik entbehrende Art des Denkens. Manchmal lassen die Aussagen ein Wissen erkennen, das eigentlich auf eine akademische Bildung schließen ließe, welche die Patientin aber (nach eigenem Bekunden) nicht genossen hat. Die Patientin ist seit vielen Jahren als Altenpflegehelferin tätig und verfügt über einen Hauptschulabschluss.

Zentrales psychiatrisches Symptom der Patientin ist die Behauptung, die Wiedergeburt der heiligen Corona zu sein. Sie habe von Gott den Auftrag erhalten, die Welt vor der COVID-19-Erkrankung zu retten, die ansonsten die Menschheit auslöschen würde. Ihr Ziel sei es, vor dem deutschen Bundestag zu sprechen, damit dort Gesetze erlassen würden, die die Pandemie beenden würden. Welcher Art diese Maßnahmen sein sollen, sagt sie nicht. Nach der Einweisung in die Klinik erklärte sie, sie füge sich der Behandlung, da die Zeit noch nicht reif dafür wäre, nach Berlin zu gehen. Sie würde von Gott gesagt bekommen, wenn es so weit sei. Sie betrachte den Aufenthalt als Urlaub und wolle Kraft sammeln für ihren großen Auftritt. Dabei besteht die Patientin darauf, vom ärztlichen und pflegerischen Klinikpersonal mit „Mutter Corona" angesprochen zu werden.

8

Ihr betreuender Arzt beschließt, mit der Patientin täglich Gespräche zu führen, die über das therapeutische Setting hinausgehen sollen. Nach einer Unterredung mit dem Chefarzt hatte er hierzu die Erlaubnis bekommen mit der Maßgabe, die Gespräche zu protokollieren und ihm als Bericht vorzulegen.

Steckbrief Petra S.

Petra S. ist eine 54-jährige Altenpflegehelferin. Seit ihrem 19. Lebensjahr arbeitet sie in einem Seniorenheim in Süddeutschland. Sie ist unverheiratet und hat keine Kinder. Im Juni 2020 wurde sie am Rande einer Demonstration gegen die Corona-Vorschriften der Bundesregierung vorläufig festgenommen und in eine psychiatrische Klinik eingewiesen. Mit einem Küchenmesser bewaffnet hatte sie versucht, den Redebeitrag eines Demonstranten zu stören. Dabei behauptete sie, die Wiedergeburt der heiligen Corona zu sein und den göttlichen Auftrag zu haben, die Welt vor dem Untergang durch die COVID-19-Erkrankung zu retten. Beim Einschreiten von Polizeibeamten leistete Petra S. massiven Widerstand. In der psychiatrischen Klinik willigte sie später ein, freiwillig auf einer geschlossenen Abteilung untergebracht zu werden. In dem Seniorenheim, in dem Petra S. arbeitete, hatte sich im April 2020 die Hälfte der Bewohner mit dem neuartigen Coronavirus infiziert. Zwölf von ihnen

starben. Petra S. musste sich in eine vierzehntä-
gige häusliche Quarantäne begeben. Im An-
schluss daran war sie wegen psychischer Er-
schöpfung arbeitsunfähig. In der psychiatrischen
Klinik wurde bei ihr eine paranoide Schizophrenie diagnostiziert.

Steckbrief Heilige Corona

Die heilige Corona gilt als frühchristliche Märtyrin
und soll im zweiten nachchristlichen Jahrhundert
in Ägypten oder Syrien gelebt haben. Über sie
sind nur legendäre Überlieferungen bekannt. Die
Figur ist historisch nicht fassbar. Im Alter von 16
Jahren soll Corona verhaftet und verhört worden
sein, als sie einem zum Tode verurteilten Mitchristen beistand. Der Name des Verurteilten
war Victor. Nach manchen Quellen soll es sich
um ihren Ehemann gehandelt haben. Victor wurde schließlich enthauptet. Corona verurteilte man
ebenfalls zum Tod, man wählte jedoch eine wesentlich brutalere Hinrichtungsmethode. Die Verurteilte wurde zwischen zwei an Seilen herabge-
zogene Palmen gebunden. Als man die Seile los-
ließ und die Palmen nach oben schnellten, wurde
Coronas Körper zerrissen. Ein Sarkophag mit
den vermeintlichen Gebeinen von Corona und
Victor befindet sich heute in der Konkathedrale
San Leopardo im italienischen Erzbistum An-
cona-Osimo. Reliquien werden in vielen europäi-
schen Ländern verehrt. Der katholische Gedenk-

tag der Heiligen ist der 14. Mai, der orthodoxe der 11. November. Die heilige Corona gilt als Patronin der Metzger und Schatzgräber.

Erstes Gespräch

Frau S., Sie waren ja auf dieser Corona-Demonstration in Stuttgart. Können Sie mir sagen, warum Sie dahingegangen sind?

Herr Doktor, bitte, ich hatte Ihnen ja schon gesagt, als Sie mich das erste Mal untersucht haben: Ich bin nicht Frau S., ich bin Mutter Corona. Frau S. ist am Virus gestorben. Die heilige Corona hat ihren Körper übernommen. Ich bin die heilige Corona im Körper dieser Frau. Gott hat das veranlasst, damit ich in seinem Namen die Erde und die Menschen vor dem Untergang rette. Ich hatte Ihnen das doch schon ausführlich erklärt. Muss ich das jetzt jedes Mal noch mal sagen?

Nein, natürlich nicht – Mutter Corona. Das müssen Sie nicht. Entschuldigen Sie bitte. Darf ich Sie aber trotzdem fragen, was Sie dazu bewog, an der Demonstration teilzunehmen?

Na, demonstrieren wollte ich. Wenn das Ende der Welt bevorsteht, muss man aufstehen und seine Stimme erheben, solange es noch geht. Apfelbäumchen pflanzen reicht da nicht mehr. Wir können das Ende noch abwenden, wenn wir jetzt das Richtige tun. Jetzt, sofort, ohne Kompromisse. Aber die auf der Demo haben das nicht verstanden.

Wie meinen Sie das?

Ach, die haben nur von Meinungsfreiheit und Diktatur geredet und so 'n Zeug. Als sei das jetzt das eigentliche Problem. Dieser Meine-Freiheit-Egoismus ist doch nur ein Jammern auf hohem Niveau – auf dem Niveau von übersatten Wohlstandsbürgern, die merken, dass irgendetwas in dieser Welt nicht stimmt, und die dann die erstbeste Projektionsfläche nehmen, um einen Aufstand im Sandkasten zu inszenieren. Das soll den inneren Aufruhr beruhigen. Aber so funktionieren die Menschen eben. Schon immer funktionierten sie so. Sie sind doch Psychiater – müssten Sie eigentlich wissen.

Ja, Projektionen spielen bei vielen Menschen eine Rolle, das denke ich auch.

Und warum ist das so? Weil die Menschen immer von Unsicherheiten geprägt sind. Unsicherheit macht Angst. Und alles, was mit Angst verbunden ist, hat letztlich Macht über den Menschen. Wer diesen gordischen Knoten zerschlagen kann, ist der wahre Erlöser. Aber der Teufel hat die Wahrheit erfunden. Mit ihr hält er den Menschen jeden echten Erlöser vom Leib.

Hm, das klingt für mich jetzt etwas paradox. Eigentlich sollte die Wahrheit doch Sicherheit geben und ein Mittel gegen Verunsicherung sein ...

Sollte, ja, tut sie aber nicht. Weil keiner weiß, was Wahrheit wirklich ist. Deshalb proklamieren sie alle für sich. Wüssten sie, was Wahrheit wirklich ist, würden sie sie nicht zur geistigen Selbstbefriedigung benutzen – missbrauchen, wollte ich sagen, ja, missbrauchen!

Mutter Corona, ich denke Sie können mir erklären, was Wahrheit wirklich ist ...

Sie sind nicht Pilatus und ich bin nicht Jesus. Sollten wir ja auch nicht sein. Es genügte, wenn wir Sokrates ernst nähmen: Wir wissen, dass wir nichts wissen. Gilt auch für die Bewertung von Wahrheiten. Aber, ja, natürlich, den Unterschied zwischen wirklicher Wahrheit und konstruierter Wahrheit kann ich Ihnen schon erklären, Herr Doktor. Sagen wir mal so: Die Wahrheit des Teufels, die konstruierte, ist eigentlich eine Pseudo-Wahrheit. Sie tut so, als sei sie wahr. Oder aber, sie ist wahr für etwas Bestimmtes, wird aber für etwas anderes behauptet. Sie verstehen? Den Verkündern von Pseudo-Wahrheiten geht es nicht um die Wahrheit, ihnen geht es um das Geglaubtwerden. Seht, was ich sage, ist die Wahrheit, sagen die Leute dann, und die anderen werden zu Lügnern erklärt. Der Missbrauch liegt genau darin. Was man gerne glaubt, gerne für wahr hält, wird einfach zur Wahrheit erklärt.

Sind die Leute auf den Corona-Demos also von solchen Pseudo-Wahrheiten fehlgeleitet? Also, dass man uns in eine Diktatur führen will, das Grundgesetz abschaffen will, oder dass Bill Gates die ganze Menschheit mit Nanochips zwangsimpfen und beherrschen will?

Natürlich sind das Pseudo-Wahrheiten – aber Pseudo-Wahrheiten müssen nicht automatisch falsch sein ...

Hm, Mutter Corona, ich muss sagen, Sie sprechen für mich in Rätseln ...

Schön, dass Sie das so sehen, Herr Doktor. Der Weg zur Wahrheit führt nur über Rätsel, nicht wahr? Die Menschen von heute – vor allem die Wissenschaftler – glauben, sie müssten alle Rätsel, denen sie begegnen, geradebiegen und zu Ausrufezeichen machen. Das nennen sie dann beweisen. Was sich nicht derart zurechtbiegen lässt, ist für sie falsch oder existiert einfach nicht. Dabei liegt die Wahrheit von Rätseln gerade darin, dass sie Fragezeichen sind. Wenn sich Rätsel durch Erkenntnis zu Gewissheiten verwandeln, dann werden sie von ganz allein

Ausrufezeichen. Gewaltsam zurechtgebogene Wahrheiten sind konstruierte Wahrheiten, teuflische Pseudo-Wahrheiten. Wahrheiten kann man sich nicht zurechtbiegen. Im wärmenden Licht der Erkenntnis biegen sie sich von ganz allein grade.

Und wo sind dann auf den Demos die Fragezeichen, wo die Ausrufezeichen, Mutter Corona?

Sie denken mit, Herr Doktor, Sie denken mit. – Das ist auch eine Frage der Zeit. Wahrheiten sind ja nicht zeitlos. Sie wachsen und entwickeln sich mit der Erkenntnis, die man gewinnt. Deshalb sollte man auch niemals zu früh von Wahrheiten sprechen, höchstens von vorläufigen. Und auf den Demos, da denken viele, sie seien im Besitz der Wahrheit – auch weil es dort wortgewaltige Einpeitscher gibt, die den Leuten den Bauch pinseln. Die Protagonisten der Bewegung haben doch etwas von Gurus, meinen Sie nicht auch? Oder vielleicht besser von Mephisto. Schauen Sie mal Ken Jebsen oder Bodo Schiffmann in die Augen. Da funkelt etwas sehr Faustisches. Aber Zeiten der Transformation brauchen nun mal den faustischen Geist, ob man will oder nicht, ob man es akzeptieren kann oder es ablehnt. Transformationen fragen nicht nach unserer Meinung.

Aber zurück zu den Fragezeichen: Was das Virus angeht, sind wir doch noch ziemlich am

Anfang. Überall nur Fragezeichen. Aber alle sind überzeugt, es ganz genau zu wissen: Die Regierung lügt, die Virologen sind gekauft, der Rechtsstaat soll abgeschafft werden. Das sind Pseudo-Wahrheiten, im Handumdrehen zurechtgebogene Fragezeichen. Aber wissen wir, ob sie nicht vielleicht doch stimmen? Vielleicht auch nur teilweise, aber eben doch irgendwie? Das wissen wir nicht, können höchstens sagen, dass diese Aussagen unplausibel sind, mehr aber auch nicht. Die Zeit wird es zeigen. Also: Es ist eine Frage der Zeit. Aber alle meinen nun, Kaffeesatzlesen sei in Coronazeiten eine neue olympische Disziplin. Ich halte mich, was Wahrheit anbetrifft, an einen Ausspruch eines guten Freundes, des Schriftstellers Martin Walser: „Nichts ist ohne sein Gegenteil wahr." Niemand kann die Wahrheit für sich beanspruchen, auch das Gegenüber hat Anteil am Wahren, und sei es nur ein winziger Fingerhut voll. Und wenn ich beim Gegenüber diesen Fingerhut finde, dann bereichert er meine Sicht auf die Wahrheit. Aber das ist schwer und für nicht wenige unbequem. Dazu muss man seine Zelte zwischen allen Stühlen aufschlagen. Gewiss kein gemütlicher Ort. Man hat dann zwei offene Flanken.

Waren denn die Reaktionen der Regierung nun richtig oder doch weit überzogen?

Müßige Frage ... Fragen, die sich mit Vergangenem befassen, sind für eine Analyse wichtig, aber jetzt geht es um die Zukunft. Da sind andere Fragen viel drängender. Aber gut: Der ganze Aufschrei war realitätsfremd. Das Szenario lief doch ab, wie alle es hätten voraussagen können. Wenn die WHO eine Pandemie ausruft, sind die Mitgliedsstaaten verpflichtet, entsprechend zu handeln. Das sind im Moment 194 Länder, also praktisch die ganze Welt. Die haben nichts anders gemacht als die Vorgaben der WHO umgesetzt. Und das geht eben nur mit gewissen Grundrechtseinschränkungen. Das hätten alle wissen können. Aber das sollte doch eigentlich kein Problem sein, nicht?

Mitglieder einer Gesellschaft verzichten bei Gefahr für das Gemeinwesen auf bestimmte Rechte, um andere und das Ganze zu schützen. Das ist eine Errungenschaft des Humanismus. Steht auch so in der Menschenrechtscharta von 1948. Wer sich dem entgegenstellt, muss sich klar darüber sein, dass man ihm Egoismus vorwerfen kann, asozialen Egoismus. Ja, sagt man dann, wenn es denn nötig gewesen wäre ... sei es aber nie gewesen, denn COVID-19 sei nicht mehr als eine Grippe und eine Pandemie habe es nie gegeben. Deshalb seien die Einschränkungen Unrecht. Und schon beißt sich die Katze in den Schwanz, denn dann sind wir wieder bei den konstruierten Wahrheiten. Übrigens, Herr Doktor, haben Sie sich schon mal gefragt, weshalb man bei einer Pandemie so heftig reagiert, dass die Regierungen den Gegenmaßnahmen alles unterordnen, sogar das Wohl von Wirtschaft und sozialer Gemeinschaft? Das liegt an einer kollektiven Traumatisierung. Seuchen – früher sagte man ja Seuchen dazu – sind ein Menschheitstrauma.

Seuchen haben im Laufe der Geschichte Millionen von Menschen dahingerafft. Manche waren apokalyptisch. Wohl wenige Ereignisse mit einem derartigen Gefahrenpotenzial für das Leben eines jeden einzelnen Menschen haben sich so tief in das kollektive Gedächtnis der Menschheit eingeprägt wie die Seuchen. Was tun Seuchen? Sie zeigen dem Menschen seine Machtlosigkeit schonungslos auf: Der Tod kann wie ein Tsunami über ganze Länder kommen. Pandemien und Machtlosigkeit gehören zusammen. Hätten wir Macht über ein Virus, könnte es nicht zur Seuche werden. Und in dieser Situation der Machtlosigkeit befinden wir uns in der jetzigen Corona-Pandemie genauso wie zu Zeiten der Pest im Mittelalter. Das sitzt tief im kollektiven Gedächtnis der Menschheit. Deshalb ist man bereit, der Seuchenbekämpfung alles unterzuordnen. Aber: Man hätte schon sehr bald realisieren können, dass das neue Coronavirus keine neue Pest mit sich bringt. Wenn man nüchtern und rational an die Sache rangegangen wäre, dann hätte man sich in Ruhe die Frage gestellt, was notwendig und was maßlos übertrieben ist.

Wahrscheinlich war ja auch alles nur Panikmache. Und die ist aus einer irrationalen Angst vor dem schwarzen Tod heraus entstanden. Das ist doch genau diese Urangst, die noch tief in der Psyche des Menschen steckt, auch in der von Virologen und Politikern. Das sind auch bloß Menschen. Und drum sind auch sie nicht vor irrationalem Handeln gefeit.

Die Frage steht ja immer noch im Raum, ob die Maßnahmen so richtig waren, also mit Lockdown, Social Distancing und so fort ...

Man hatte von Anfang an die Wahl zwischen kurz, aber heftig, und lang, aber qualvoll. Fast die ganze Welt hat sich für den zweiten Weg entschieden, eben weil es die WHO so vorgab. Man hat sozusagen auf eine Vermeidungsstrategie gesetzt, also dem Virus wie auch immer aus dem Weg zu gehen. Wir alle haben das miterlebt: Quarantäne, Maskenpflicht, Isolation, Vermeidung jedweder Kontakte und all das. Doch das ist eigentlich nur ein Spielen auf Zeit. Und Zeit hat das Virus mehr, als den Menschen lieb ist. Das hat sich ja jetzt gezeigt: Kaum kriecht man wieder aus den Löchern, schon schlägt Corona wieder zu. Die Vermeidungsstrategie funktioniert nur, wenn es zeitnah eine Impfung gibt. Ohne funktionierende Impfung läuft diese Strategie ins Leere.

Bei der anderen Strategie setzt man auf eine schnelle Herdenimmunität. Wenn sich rasch viele infizieren und eine Immunität aufbauen, findet das Virus ziemlich bald keinen Wirt mehr und die Pandemie verschwindet von selbst. Der Nachteil ist halt der, dass ein solches Vorgehen möglicherweise mehr Todesopfer fordert. Was man ja jetzt in Schweden sieht. Und das ist nun das Dilemma: Welchen Preis sind wir bereit zu zahlen? Ganz nüchtern betrachtet ist die erste Variante, also die Vermeidungsstrategie bis zur Impfung, die riskantere. Warum? Weil niemand sicher sein kann, dass es überhaupt eine Impfung geben wird. Gut, eine Impfung wird es sicher geben, ganz sicher sogar, man ist ja inzwischen schon sehr weit. Aber es kann niemand sagen, ob diese Impfung gut wirksam und zugleich sicher ist. Um das herauszufinden, bräuchte es eigentlich viele Jahre. Aber genau diese Zeit hat man nun nicht. Jetzt soll innerhalb von Monaten alles so weit sein. Vielleicht sogar mit einem Impfverfahren, das bisher bei Menschen noch gar nie angewendet wurde. So gesehen ist die Strategie, die auf striktes Vermeiden und Impfen setzt, ein Höllenritt. Und ich sage Ihnen noch mal, Herr Doktor: Man wird gezwungen sein, die ganze Menschheit zu impfen, auch wenn Wirksamkeit und Sicherheit nicht gewährleistet sind. Denn sonst würden der Lockdown und das Social Distancing zur Normalität. Und alle wissen doch, dass das letztlich das Ende der menschlichen Gesellschaft bedeuten würde, wie wir sie kennen.

Schließlich könnte ich auch über das eigentliche Problem reden: das Coronavirus und die Coronakrankheit. Das eine hängt mit dem anderen nämlich nur indirekt zusammen. – Aber ich bin jetzt ziemlich müde, Herr Doktor. Und ich muss heute noch lange beten. Das ist sehr wichtig. Machen wir morgen weiter?

Aber gewiss, Mutter Corona. Ruhen Sie sich ein bisschen aus.

Zweites Gespräch

Mutter Corona: Zum Abschluss unseres gestrigen Gesprächs sagten Sie, das Coronavirus und die Coronakrankheit seien zweierlei Dinge. Habe ich Sie so richtig verstanden?

Nicht ganz. Nur fast, Herr Doktor. Das Coronavirus als Erreger kann die COVID-19-Krankheit auslösen. Das ist unstrittig, sicher. Und die verläuft in den meisten Fällen recht harmlos. Etwa 15 Prozent der Fälle zeigen einen schwereren Verlauf und etwa 5 Prozent der Patienten müssen auf die Intensivstation. Über die Sterblichkeit gibt es keine verlässlichen Zahlen, weil die

Dunkelziffer wohl sehr hoch ist. Wahrscheinlich unterscheidet die sich aber nicht wesentlich von einer schweren Virusgrippe. Aber wem sage ich das ... Sie sind der Doktor. Habe ich was Falsches gesagt?

Nein, ich denke, das sind sicher Zahlen, die weitgehend zutreffen, zumindest, was die aktuelle Situation betrifft. Wir müssen aber auch bedenken, dass COVID-19 schwerwiegende Folgen für die Patienten haben kann: Herz, Nieren, Nerven, Gehirn – überall können gravierende Folgeschäden auftreten.

Darüber weiß man noch viel zu wenig. Jede andere Infektion kann auch schwer verlaufen und Folgen haben, das ist doch seit langem bekannt. Gerade Virusinfekte können einiges anrichten, zum Beispiel auch schwere chronische Krankheiten auslösen. Diabetes, Autoimmunkrankheiten und, und, und. Das weiß man, warum soll das bei COVID-19 anders sein? Es ist doch vielmehr ganz normal, dass sich dieses Coronavirus nicht viel anders verhält als andere Viren.

Hm, ich weiß nicht ... Aber wie sieht es nun aus mit dem Zusammenhang zwischen Virus und COVID-19?

Alle Menschen weltweit sind an COVID-19 erkrankt. Restlos alle – außer vielleicht ein paar indigene Völker, die keinen Kontakt zur sogenannten zivilisierten Welt haben. Ansonsten sind alle Menschen krank, wirklich alle.

Das heißt also, dass das Virus schon die ganze Welt durchseucht hat?

Nein, natürlich nicht. Das ist ja der Unterschied zwischen Virus und Krankheit. COVID-19 kann eine direkt vom Virus ausgelöste Krankheit sein. Das ist der biologische Teil der Krankheit. CO-VID-19 hat aber auch einen psychologischen Anteil, dann einen soziologischen und schließlich einen spirituellen. Das ist der nichtbiologische Teil von COVID-19. Und der wird nicht vom Virus selbst ausgelöst, sondern von den medizinischen und gesundheitspolitischen Reaktionen auf die Pandemie. Von diesen sind alle Menschen betroffen, ob sie nun infiziert sind oder nicht, ob sie in Indien leben oder in Kanada, in Sibirien oder auf Feuerland. Sie verstehen?

Sicher, Mutter Corona. Sie rechnen die Folgen des Lockdowns und von Social Distancing zur Coronaerkrankung hinzu. – Aber kann man das wirklich machen? Was Sie meinen, sind doch die Folgen der Pandemiebekämpfung, aber diese sind nicht Teil der Krankheit ...

Mit Verlaub: Da liegen Sie falsch, Herr Doktor. Sie sind Teil der Krankheit. Ich mache Ihnen da keinen Vorwurf, Sie haben es nicht anders gelernt – wie alle Ärzte, wie alle Wissenschaftler. Ohne Virus hätte es die politischen Reaktionen nicht gegeben. Ohne diese Reaktionen stünden jetzt nicht so viele Menschen vor dem finanziellen Ruin, würden nicht so viele vereinsamen, depressiv werden oder sogar Selbstmord begehen. Das sind nur die gravierendsten Folgen, die subtilen mit sehr langer Inkubationszeit gar nicht mitgerechnet. Es besteht ein kausaler Zusammenhang, und deshalb sind sie Teil der Krankheit. Aber alle schauen nur auf das Virus, nur auf die Infektionszahlen. Und die wahre Gefahr durch COVID-19 habe ich ja noch gar nicht angesprochen: der Untergang der Welt und mit ihr des Menschengeschlechts.

Das verstehe ich nun nicht ganz: Warum soll durch COVID-19 die ganze Welt untergehen und die Menschheit ausgelöscht werden? So schlimm ist die Krankheit doch gar nicht, wie Sie vorhin selbst gesagt haben ...

Ihr biologischer Teil ist nicht so schlimm, jedenfalls nicht vergleichbar mit Pest oder Ebola. Wie tief die anderen Teile in die Weltgeschichte eingreifen, können wir noch gar nicht erkennen. Aber das werden sie tun, tief eingreifen. Sehr tief sogar. Die Menschheit wird nicht mehr die gleiche sein wie vor Corona. 2020 stellt den Beginn einer neuen Ära in der Menschheitsgeschichte dar – und diese ist gefährlich, weil sie in den Untergang führen kann – oder aber vielleicht doch hinein in eine bessere Gesellschaft. Sie wissen ja: Hölderlin ...

Hölderlin? – Ach ja: Wo aber Gefahr ist ... ähm ... ist auch Rettung ...

Wächst das Rettende auch, wenn Sie genau zitieren wollen. Patmos-Hymne, erste Strophe. Aber wichtig ist auch, was diesen Worten vorausgeht: Nah ist und schwer zu fassen der Gott ... Nah und trotzdem schwer greifbar ist die Rettung also. Das ist mein Auftrag, Herr Doktor. Ich bin auserkoren, in dieser schweren Stunde das Rettende zu sein. Nah – ganz nah sogar –, aber schwer zu greifen. Deshalb sitze ich ja auch noch hier bei Ihnen in dieser Klinik. Gott stehe mir bei, Amen!

Ja, Mutter Corona, aber ich muss doch noch einmal auf meine Frage zurückkommen. Warum soll durch COVID-19 der Untergang kommen?

Eben wegen der Folgeschäden. Und von denen sind die gravierendsten die psychischen. Sie werden in nicht allzu ferner Zukunft in Ihrem Fachgebiet viele neue Leiden sehen, Herr Doktor. Oder solche, die Sie kennen, aber deren Ausbreitung Sie sprachlos machen wird. Und dann erst die Auswirkungen auf die Gesellschaft. Wir werden eine psychisch kranke Gesellschaft sehen mit lauter psychisch kranken Menschen. Daraus folgen Aufruhr, Mord und Totschlag. Die

Gesellschaft wird in ihrem Kern erschüttert werden und letztlich in sich zusammenbrechen. Schon unser Meister Jesus sagte: „Ich bin nicht gekommen, um Frieden zu bringen, sondern das Schwert. Ich bin gekommen, um den Sohn mit seinem Vater zu entzweien und die Tochter mit ihrer Mutter und die Schwiegertochter mit ihrer Schwiegermutter; und die Hausgenossen eines Menschen werden seine Feinde sein. Ich bin gekommen, um Feuer auf die Erde zu werfen." Und genau so ist es auch heute. Die Zeichen der großen Spaltung sind doch schon überall sichtbar. Der große Sturm ist da, und niemand weiß, wer ihm standhalten wird und wie das Land nachher aussehen wird. Wenn die Menschen nun auf meine Botschaft hören, wird alles gut werden. Nein, sie werden dann nicht vom Sturm verschont, aber sie werden geläutert aus ihm hervorgehen. So ist es Gottes Wille.

Aber hat die Menschheit nicht schon unzählige große Krisen durchlebt, ohne dass sie untergegangen ist? Haben wir uns nicht im Gegenteil immer weiterentwickelt?

Gewiss, Herr Doktor. Sagen Sie doch ganz offen, wie Sie es meinen: All die vielen Weltuntergangspropheten, die es schon gab, lagen stets falsch. Nicht eine einzige Prophezeiung ist eingetroffen. Das stimmt. Warum? Weil diese Pseudo-Propheten keine Ahnung vom Weltuntergang hatten. Nicht die Welt als Planet Erde geht unter. Der Planet geht nicht unter, auch nicht, wenn alle Schreckensszenarien der Klimakatastrophe eintreffen sollten. Weltuntergang ist nicht gleich Erdzerstörung. Was untergeht, ist die Welt, die sich der Mensch auf dem Planeten Erde geschaffen hat. Das ist Weltuntergang. Und ein solcher kann damit einhergehen, dass das Menschengeschlecht keine Lebensgrundlage mehr hat und ausstirbt. Und genau das droht durch COVID-19. Aber ich sage es noch mal: nicht durch das Virus, sondern durch die große Krankheit, für die das Virus nur eine Initialzündung war. Und der Untergang ist geplant, Herr Doktor, glauben Sie mir.

Ja, ich weiß. Es gibt Leute, die meinen, es gäbe eine Verschwörung der Eliten, um die Weltherrschaft an sich zu reißen. Das sei der Plan. Was sagen Sie dazu?

Halbwahrheiten, die am eigentlichen Thema vorbeigehen.

Halbwahrheiten besitzen aber einen Teil Wahrheit, wenn man sie richtig interpretiert. Was an diesem Verschwörungsglauben ist denn wahr, Mutter Corona?

Wahr ist, dass es ungebildete Stümper gibt, die unendlich viel Geld und Macht besitzen, um ihre Sandkastenfantasien umzusetzen. Groteske Typen, denen ihre naiven Vorstellungen zu Kopf gestiegen sind. Krankhafte Narzissten, die davon ausgehen, die Welt sei ein riesiger Computer, für den sie die passenden Betriebssysteme kreieren könnten. Wen wundert's. Diese Leute haben ja sonst nichts gelernt. – Obacht, Herr Doktor, jetzt wird's teuflisch, luziferisch.

Sie meinen Bill Gates?

Das kostet jetzt zu viel Kraft. Vielleicht sage ich Ihnen morgen mehr dazu.

Wenn Sie wollen, gerne.

Drittes Gespräch

Mutter Corona, manche Leute glauben, hinter der Corona-Pandemie stecke eine große Verschwörung von Eliten, zu denen sie vor allem Bill Gates und seine Stiftung zählen. Sie haben gestern ja auch davon gesprochen. Mich würde interessieren, was Sie dazu zu sagen haben.

Ach, lieber Herr Doktor, Verschwörungen gibt es doch überall. Was ist denn eine Verschwörung? Eine gemeinsame Aktion, durch die man anderen schadet. Wenn das unbewusst geschieht, dann verschwören sich Menschen jeden Tag in x-beliebigen Situationen. Jedes Fußballspiel ist so gesehen eine Verschwörung, in der sich elf Spieler und ein Trainer verschwören, um das Spiel so zu führen, dass der Gegner nicht gewinnt. Aber niemand würde das als Verschwörung bezeichnen, nicht wahr?

Sicher nicht. Verschwörungen laufen ja niemals unbewusst ab. Der Schaden für andere ist das erklärte Ziel, weshalb sich bestimmte Leute zusammentun. Wenn Geheimhaltung und Täuschung dazukommen, dann ist das eine Verschwörung.

So ist es. Aber auch das gibt es viel häufiger, als man denkt. Autobauer basteln eine Schummelsoftware zusammen und schaden damit bewusst ihren Kunden und der Umwelt. Das passiert ganz bewusst und gezielt. Also ist das eine Verschwörung.

Nun ja, das ist sicher eine kriminelle Aktion – aber als Verschwörung würde man das wohl nicht bezeichnen. Jedenfalls habe ich das in diesem Zusammenhang noch nie gehört.

Und Sie haben sich nicht gefragt, warum das so ist? Wieso soll das eigentlich keine Verschwörung gewesen sein? Unter höchster Geheimhaltung wurde diese Aktion geplant und umgesetzt. Weshalb spricht man hier von einer kriminellen Aktion oder ganz lapidar vom Dieselskandal? Gut, wenn Sie ganz penibel sein wollen, dann würde man hier vielleicht eher von einer Konspiration sprechen. Ob so oder so: Es geht immer um das Zusammenarbeiten einer Gruppe zum Schaden anderer. Aber mit dieser Haarspalterei kommen wir ja vom Thema ab.

Da haben Sie recht, Mutter Corona. Also frage ich einmal ganz konkret: Was hat Bill Gates mit der Corona-Pandemie zu tun?

Dass sich ihm hiermit ein riesiges neues Geschäftsfeld auftut. Und er verhält sich so, wie es ein guter amerikanischer Geschäftsmann eben macht: Er tut alles, um daraus ein Geschäft zu machen. Außer Geschäfte machen und damit ein Wirtschaftsimperium aufbauen hat er ja nichts gelernt. Muss er auch nicht. So kann man in Amerika auch Präsident werden. Gates und Trump sind Spieler. Aber sie kennen nur ein Spiel, und das heißt Monopoly. Für sie ist die Welt ein amüsantes Monopoly-Spiel. Das ist übrigens nicht nur bei Bill Gates so. Es ist auch bei allen anderen Moguln des Silicon Valley so: Elon Musk, Mark Zuckerberg, Jeff Bezos, Larry Page und wie sie alle heißen. Gates ist der, der sich vor allem um das Thema Gesundheit kümmert. Mit seiner Frau und seiner Stiftung, dieser offensichtlichen Lobbyvereinigung für die Pharmaindustrie. Wobei er das Thema Gesundheit ziemlich radikal auf die Infektionskrankheiten reduziert hat. Warum? Weil er hier riesige Geschäfte machen kann. Eben mit den Impfungen. Impfstoffhersteller hat er ja zur Genüge mit im Boot. Und wenn man die Geschäftsaussichten betrachtet: alle sieben Milliarden Menschen impfen, und das so schnell wie möglich. Chapeau!

Aber ist die Impfung nicht wichtig, damit die Pandemie beendet werden kann?

Impfungen sind wichtig, um die Menschen vor gefährlichen Krankheiten zu schützen. Nur, was sind gefährliche Krankheiten? Jede Krankheit kann im Einzelfall gefährlich werden. An Tetanus sterben rund 25 Prozent der Infizierten, an Tollwut fast alle. Bei Masern liegt die Quote zwischen 0,01 und 0,1 Prozent, bei Keuchhusten etwa bei 0,2 Prozent. Für bestimmte Menschen können bestimmte Krankheiten gefährlich werden, die für die meisten anderen harmlos sind. Nur muss man halt auch die Frage stellen, für wen eine Impfung gefährlich werden kann. Diese Zahlen sind wichtig. Impfungen so darzustellen, als seien sie nur ein kleiner Pikser, der nur Gutes tue, ist Desinformation. Aber wir schweifen schon wieder ab. Sie interessiert doch meine Meinung, was Bill Gates vorhat und ob er Böses im Schilde führt.

Das ist eine in der Tat spannende Frage.

Nein, Bill Gates führt nichts Böses im Schilde. Er ist vollkommen davon überzeugt, dass er ein großer Wohltäter für die Menschheit ist – aber eben als kapitalistischer Geschäftsmann. Bei Donald Trump ist es nicht anders. Er ist überzeugt, ein Segen für sein Land zu sein. Und das kann man aus seiner Sicht nur als kapitalistischer Geschäftsmann. Nur, Gutes wollen und Gutes tun, das sind manchmal zwei Paar Stiefel. Von Medizin hat Gates ja keine Ahnung. Trotzdem glaubt er, mit seiner Vision die Menschheit von vielen gefährlichen Krankheiten befreien zu können. Ich hab's ja schon gesagt: Er reduziert das Thema auf die Infektionskrankheiten, weil er meint, mit den Impfungen das beste Gegenmittel in der Hand zu haben. Und er tut es deshalb, weil man sich mit Impfungen eine goldene Nase verdienen kann. Aber das ist ja noch nichts Böses. Krebs, Herz-Kreislauf-Leiden, Autoimmunkrankheiten sind nicht so sein Ding. Da ginge das Geschäftsmodell einfach nicht auf. Geschäftsleute machen immer das, was am meisten Profit verspricht. Wäre Bill Gates Arzt, müsste er sein Handeln schon aus ethischen Gründen überdenken. Das ist er aber nicht. Das gehört auch zur Logik des Kapitalismus und Neoliberalismus. Aber wir brauchen nicht weiter über Bill Gates reden. Dem Mann geht es um die Gesundheit der Menschen, auch wenn seine Ideen ziemlich daneben sind. Weit gefährlicher sind andere Leute aus dem Silicon Valley. Diesen kapitalistischen Oligarchen geht es gar nicht mehr um Gesundheit oder Krankheit, nicht einmal mehr um das Wohl der Menschen. Die haben das Ziel, den Menschen als biologische Einheit abzuschaffen und durch eine technische Kreatur zu ersetzen. Gegen die ist Bill Gates ein braver Jesuitenschüler.

Ich denke, Sie meinen diejenigen, die mit künstlicher Intelligenz arbeiten und den Menschen mit einer Maschine verschmelzen wollen. Transhumanisten nennt man diese Leute.

Ganz richtig, Herr Doktor. Und die Posthumanisten gehören auch dazu, die den Menschen schon völlig abgeschrieben haben und über das wunderschöne Leben fabulieren, nachdem der Mensch von der Bildfläche verschwunden sein wird. Diese Entwicklung ist der degenerierte Endpunkt des materialistischen und mechanistischen Denkens. Descartes würde sich im Grabe umdrehen. Überlegen Sie einmal: Jetzt wird schon über die Zeit jenseits oder nach dem Humanismus fantasiert, obwohl der wahre Humanismus noch immer nicht verwirklicht worden ist. Wir krank ist das denn? Diese Pandemie ist eine Steilvorlage für diese Entwicklung. Die Trans- und Posthumanisten bewegen sich bisher in ihren überschaubaren Filterblasen, sind eine noch kleine Gruppe. Aber sie sind an den Hebeln der Macht. Und die Macht liegt heute nicht bei den Regierungen, sie liegt bei den Köpfen des Silicon Valley, die über keinerlei demokratische Legitimation verfügen. So gesehen leben wir wirklich in einer latenten Diktatur. In diesen

Kreisen denkt man schon über eine superintelligente Macht nach, die die Rolle einer Regierung übernehmen kann. Googeln Sie doch mal nach technologischer Singularität und Superintelligenz. Und in diesem Zusammenhang nach Ray Kurzweil, Nick Bostrom und Henry Markram. Durch die Coronakrise können diese Leute ihre Ideen in immer weitere Kreise der Bevölkerung bringen. Denen hätte nichts Besseres passieren können als die Corona-Pandemie. Wenn man nach den Gründen für die grassierenden Verschwörungsmythen sucht: Hier findet man sie.

Und Sie sehen es als Ihre Aufgabe an, uns vor dieser Entwicklung zu warnen, Mutter Corona?

Genau. Aber nicht nur zu warnen, sie auch zur Umkehr zu bewegen. Es muss gehandelt werden, sonst sind die Tage der Menschheit gezählt. Im Silicon Valley entsteht eine neue Art von katholischer Kirche. Absolutistisch und ohne demokratische Legitimation oder Kontrolle. Gates ist ihr Pappkameraden-Papst, Bezos, Musk und Zuckerberg sind ihre Kardinäle, die die Macht in Händen halten, und der dogmatische Fortschrittsglaube ist ihr Lehramt. Eines Tages werden sie den Menschen ans Kreuz nageln, um ihn als Cyborg wiederauferstehen zu lassen. So, Herr Doktor, wird es kommen. Und Jesus, unser aller Herr, will das nicht. Das werde ich laut und deutlich aller Welt kundtun.

Klar, die Versprechungen der Transhumanisten sind verlockend: Mit Chips kann man ganz viel machen. Einfach unter die Haut implantieren und schon öffnet sich einem eine schöne neue Welt – und sei es nur, dass man damit ganz ohne Karte oder Pin bezahlen kann. Und am Ende steht die Verschmelzung von Mensch und Maschine, das Bewusstsein wird auf eine Festplatte gespielt und schon ist der Übermensch geschaffen. Heute Nacht sah ich in einer Vision, wie Elon Musk ein Schwein präsentiert, dem er einen Chip ins Gehirn implantiert hat. Mit diesem kann man es ans Internet anschließen. Wenn das beim Menschen die Serienreife erreicht, werden wir keine Sprachen mehr lernen müssen, weil wir sie uns direkt ins Gehirn herunterladen können. Wir können uns mit anderen unterhalten, ohne sprechen zu müssen, rein digital, von Gehirn zu Gehirn. Wir vernetzen uns mit anderen Gehirnen und teilen unsere Gedanken. Das wird Realität werden, ich sah es in der Vision. Science-Fiction war gestern.

Aber Elon Musk bleibt noch im Lebendigen stecken, er will nur den Menschen digital optimieren und ihn nicht durch Roboter ersetzen. Bill Gates denkt wohl ähnlich. Er will sieben Milliarden Menschen impfen, um COVID-19 auszurotten. Cyborgs brauchen keine Impfung. Cyborgs werden auch nicht von einem Virus befallen, unter Cyborgs kann es keine Pandemie geben. – Halt, natürlich doch, wenn ihr Programm einen

Virus einfängt, aber eben keinen biologischen. Menschen aus der Zwangsjacke namens Leben zu befreien ist für diese Leute ein großer Traum. Leben ist störanfällig, ist nur schwer kontrollierbar und hat seine biologischen Grenzen. Das muss nicht sein, sagen sich die Posthumanisten. Ohne Leben lebt's sich besser – ja, zumindest so lange, bis jemand den Saft abdreht oder die Software hackt. In diese Richtung wird sich die Gesellschaft nach der Corona-Pandemie immer mehr entwickeln. Und die Leute, die jetzt protestieren, ich glaube, die ahnen so etwas. Sie sind vielleicht naiv oder manche auch mit einem Weichspül-Egoismus infiziert. Aber sie ahnen, dass etwas ganz gehörig schiefzulaufen droht. Vielleicht rechtfertigt das einiges bei der Beurteilung der Corona-Demos, und sei noch so viel Dummheit darunter.

Hm ... Wird sich der Transhumanismus oder der Posthumanismus überhaupt verhindern lassen, Mutter Corona?

Vielleicht nicht. Aber er wird scheitern. Die Ideologie des Transhumanismus beginnt dann zusammenzubrechen, wenn der erste Cyborg weint, sobald ihm ein Fehler unterlaufen ist. – So, nun ist genug für heute, ja?

Gut, natürlich.

Herr Doktor, bevor Sie anfangen: Ich muss Ihnen etwas Wichtiges sagen. Ich hatte heute Nacht eine bedeutende Eingebung unseres Herrn. Sie hat auch etwas mit der Pandemie zu tun.

Interessant, Mutter Corona, ich bin gespannt.

Ich fange mal mit einer Frage an: Wissen Sie, seit wann es COVID-19 schon gibt?

Nun, soviel bekannt ist, wurde der erste Fall um die Jahreswende in China beobachtet, in Wuhan.

Ja, das denken die Menschen. Aber das ist nur zum Teil richtig. Sie sagten gerade: um die Jahreswende, also 2019/2020. Da brach lediglich der biologische Teil der Krankheit aus. Ihren Anfang nahm sie aber in Wirklichkeit um die Jahrtausendwende, also beim Wechsel ins 21. Jahrhundert. Das war die Geburtsstunde vom Netz 2.0, also des Internets, wie wir es heute kennen, bei dem sich alle Menschen weltweit digital vernetzen können. Das war der Krankheitsausbruch. Mit den sozialen Netzwerken begann sich CO-VID-19 wie eine Krebsgeschwulst unbemerkt und unkontrolliert auszubreiten. Das Coronavirus hat die Krankheit nur ans Tageslicht gebracht.

*Das hört sich spannend an. Und das können Sie
mir sicher genauer erklären, nicht wahr?*

So ist es, Herr Doktor. Der Begriff soziale Netzwerke ist völlig abwegig. Sozial sind sie ja nicht,
jedenfalls nicht im landläufigen Sinn des Wor-
tes. Sie verbinden Menschen, fördern aber nur
selten das Gemeinschaftsgefühl. Man verbindet
sich oft unverbindlich, oberflächlich oder kurz-
fristig. Man hat sogenannte Freunde, die man
noch nie gesehen hat. Eigentlich ist es ziemlich
paradox: Immer häufiger dienen diese sozialen
Netzwerke dazu, sich asozial zu verhalten, zu
hetzen, zu beleidigen und zu verunglimpfen.
Dahinter steckt kein sozialer Aspekt. Das zum
Sozialen. So besehen sind Facebook, Twitter
und Co. auch keine richtigen Netzwerke, allen-
falls Pseudo-Netzwerke.

Schauen Sie sich doch mal ein Netz an, ein Fi-
schernetz zum Beispiel. Da sind ganz viele
Schnüre miteinander verknüpft, verknotet. Gemeinsam bilden sie das Netz. Jede Schnur bleibt
eine Schnur, eine ganz individuelle, aber gemeinsam bilden sie etwas Einheitliches, eben
ein Netz. Jede Schnur ordnet einen Teil ihrer
Freiheit einem größeren Ganzen unter. Sie, die
Schnüre, können nun nicht mehr alles tun, was
sie wollen. Eine größere Idee verlangt ein gewis-
ses Maß an Opfer. Anders geht es nicht. Aber
niemals wird die Aufgabe der Individualität verlangt. Eine dicke Schnur bleibt eine dicke, eine

dünne eine dünne, eine graue eine graue und eine braune eine braune. Dennoch geben sie einen Teil ihrer Freiheit auf, zum Beispiel dort hingehen zu wollen, wo sie gerne hingehen wollten. Schnüre können nicht gehen, klar. Das ist auch nur im übertragenen Sinn gemeint. Aber Sie verstehen?

In gewisser Weise schon. Aber der Vergleich hinkt irgendwie ...

Ich weiß, ich weiß. Schnüre können nicht frei entscheiden, aus dem Netzverbund auszuscheiden. Einmal Netz, immer Netz. Ist klar. Eigentlich müsste jede Schnur die Freiheit haben, aus der Sache auszusteigen, wenn es für sie nicht mehr passt. Wir müssen die Schiefe im Bild halt mal so stehen lassen. Das ist immer so mit Vergleichen. Es gibt den Unterschied zwischen einer Freiheit von und einer Freiheit zu, der negativen und der positiven Freiheit. Also einer Freiheit von Bevormundung und Zwängen einerseits und einer Freiheit, unabhängig über sich selbst zu bestimmen. Viele Leute auf den Corona-Demos konzentrieren sich ausschließlich auf den negativen Aspekt, also die Beschränkungen und Verbote. Das ist schon verständlich, denn anderswo läuft es ja anders. In Schweden appelliert die Regierung, Abstand zu halten und wo nötig Masken zu tragen. Sie überlässt die Entscheidung aber den Bürgern selbst. Hier haben die Menschen die Freiheit, sich so oder so zu verhalten. Hierzulande gibt es diese positive Art von Freiheit nicht. Das stößt auf. Aber man setzt hier eben den Gesundheitsschutz über das Freiheitsrecht. Kann man drüber diskutieren ... Aber wir schweifen ab. Zum Thema Freiheit nur noch so viel: Heute sind die meisten Menschen nur scheinbar frei. Sie werden von äußeren Zwängen geleitet, die sie nicht erkennen und wahrnehmen können, während sie ihre vermeintlich grenzenlose Freiheit genießen. Manchmal zwingt man sie dazu, in einer ganz bestimmten Weise frei und ungebunden zu sein, was letztlich doch nur wieder Abhängigkeit von Äußerem erzeugt. Die Freiheit, sich jeden Monat einen Shoppingflug nach London oder sich stets das neueste Smartphone leisten zu können und gleichzeitig bei zehn verschiedenen Discountern den Salatkopf zum jeweils niedrigsten Cent-Betrag kaufen zu können, ist in Wirklichkeit nur verkappte Sklaverei. Aber zurück zum Netz – wenn Sie noch Zeit haben, Herr Doktor.

Ja, gerne, die habe ich, Mutter Corona. Ich weiß nicht genau, worauf Sie eigentlich hinauswollen.

Seien Sie nicht voreilig, Herr Doktor. Gedanken müssen sich entwickeln, wenn man ihnen folgen will. Aber es ist doch recht einfach: Die sozialen Netzwerke sind eigentlich Anti-Netze, das Gegenteil eines richtigen Netzes. Gibt jemand einen Teil seiner Freiheit ab, wenn er Teil von sozialen Netzwerken wird, zum Beispiel von

Facebook oder Twitter? Nein, im Gegenteil. Dort mitzumachen wird als eigentliche Freiheit betrachtet, als Freiheit, alles zu lesen, zu hören, zu sehen, überall seinen Senf dazuzutun, sich immer und überall zu präsentieren, andere hinter einer virtuellen Maske folgenlos zu attackieren, niedrige Gefühle auf Kosten anderer auszuleben, manchmal erschreckend real – denken Sie an die Pädophilen ... Soziale Medien dienen einer Freiheit zu allem, blähen den Egoismus der Leute auf, sind abgrundtief asozial. Mit der Geburt der sozialen Medien hat sich der Mensch mit dem Virus infiziert, der heute zur geistigen Ebene von COVID-19 geführt hat. Die Krankheit grassiert also schon seit rund zwanzig Jahren.

Hm, ich denke es ist schwer, das Internet und die sozialen Netzwerke für alles verantwortlich zu machen, was uns heute Probleme bereitet. Ist das nicht zu kurz gedacht?

Nein. Ich sage ja nicht, dass es für alles Schlechte verantwortlich ist. Es hat auch seine guten Seiten. Nur bei den sozialen Netzwerken überwiegen die schlechten eindeutig. Weil sie mit den Menschen etwas machen, was tiefgreifend ist. Mit dem Internet Informationen suchen, Wissen erweitern, lernen oder auch Zerstreuung suchen – das ist alles okay. Aber für die Dynamik der sozialen Netzwerke ist der Mensch nicht geschaffen. Man hat sie dem Menschen in die Hände gegeben, ohne zu wissen, wie er damit umgehen wird und welche Auswirkungen das für den Einzelnen und die Gesellschaft haben kann. Das ist verdammt schiefgelaufen. Die Menschen waren von Anfang an völlig unfähig, dieses Mittel sinnvoll zu nutzen. Sie waren ihm nie gewachsen. Stellen Sie sich mal vor, Sie geben einem Dreijährigen die Schlüssel für eine Harley-Davidson in die Hand und sagen ihm, damit könne er nun die Welt erkunden. Würden Sie ja sicher nicht machen, oder? Aber mit dem Internet, und vor allem mit den sozialen Netzwerken, hat man es genau so gemacht. Die Büchse der Pandora ist geöffnet. Und keiner kann sie mehr schließen. Man versucht es mit Kontosperrungen, Löschungen von Posts und Videos, Warnhinweisen von sogenannten Faktencheckern ... All das sind hilflose Versuche, wieder in den Griff zu bekommen, was aus dem Ruder gelaufen ist. Tatsächlich ginge das nur mit harten, diktatorischen Maßnahmen. Aber selbst die dürften bei dem globalen Ausmaß dieser virtuellen Welt kaum nachhaltige Effekte haben.

Und dann das Rasante und die Hektik, mit der da alles abläuft. Es gibt keine Zeit mehr, um lange nachzudenken oder eine Sache zu überlegen. Alles muss schnell gehen. Auch das ist nicht gut für den Menschen. Ein Geist, der schnell ist, ist krank. Ein Geist, der langsam ist, ist gesund. Ein Geist, der still ist, ist göttlich. Das sagte Meher Baba schon vor vielen Jahrzehnten. Wie recht er hatte. Kennen Sie Meher Baba?

Nein, tut mir leid, der Name sagt mir nichts.

Ist nicht weiter schlimm. Muss man nicht kennen. – Obwohl: Es wäre gut, mehr Menschen würden ihn kennen. Das war ein indischer Mystiker, der 1969 starb. Er ist der Guru von Pete Townshend, dem Kopf der Rockband The Who. Aber den Satz „Don't worry, be happy", den kennen Sie doch?

Ja, sicher. Ist das nicht ein bekanntes Lied? – Hm, ich komme nicht drauf, von wem ...

Bobby McFerrin. War 1988 lange Zeit und in vielen Ländern ein Nummer-eins-Hit. „Don't worry, be happy" ist der bekannteste Satz von Meher Baba. Es war der letzte Satz, den er sagte, ehe er ein Schweigegelübde ablegte. 44 Jahre lang sagte er kein einziges Wort mehr, bis zu seinem Tod. Aber gut, das tut nichts zur Sache. Ein Geist, der schnell ist, ist krank. Das ist sein entscheidender Satz. In diesem Sinne sind die Menschen heute alle krank, alle durch die Bank, überall auf der Welt. Das Internet mit den sozialen Medien ist die Hauptursache für dieses Übel. Aber wenn wir schon bei Liedern sind: Das Corona-Jahr 2020 hat ja inzwischen auch schon seinen Song ...

Ja? Welchen meinen Sie?

Aber, Herr Doktor, kennen Sie nicht Jerusalema?"

Ah, Sie meinen dieses afrikanische Lied, auf das so viel getanzt wird ... Da gibt's ja mittlerweile ungemein viele Videoclips im Netz, stimmt.

Jerusalema, ganz genau. Das ist das wahre Coronalied, glauben Sie mir.

Wie darf ich das verstehen?

Einmal vom Stil her und einmal vom Text. Der Stil ist deshalb interessant, weil er gut auf die heutige Zeit passt: Man tanzt gemeinsam, aber auf Distanz. Physical Distancing – aber mit Lebensfreude. Wenn das mal keine Botschaft ist ... Und bitte: physical, nicht social, wie man meist sagt. Soziale Distanzierung führt in die Isolation und ist damit der gefährlichste aller Kollateralschäden von Corona. Und dann der Text ... Tja, was halten Sie von dem?

Oh, tut mir leid, aber den kenn' ich nicht. Ist glaube ich nicht einmal englisch ...

Nein, ist nicht englisch. Der Song ist auf Zulu, stammt ja aus Südafrika. Ich glaube, die wenigsten Menschen kennen die deutsche Übersetzung, da sind Sie nicht allein, Herr Doktor. Das

Lied ist ein Gebet. Der Titel lässt es ja erahnen. Interessiert Sie der Text?

Aber ja doch, Mutter Corona ...

Jerusalem ist meine Heimat
Rette mich
Mein Platz ist nicht hier
Mein Königreich ist nicht hier
Rette mich
Geh mit mir
Mein Platz ist nicht hier
Mein Königreich ist nicht hier
Rette mich

Hm – Und wie interpretieren Sie diese Zeilen?

Das Lied ist ein Bittgebet des Lebens an seinen Schöpfer. Das Leben droht im Anthropozän zugrunde zu gehen. Das Leben wird in dieser Welt existenziell bedroht und es fühlt sich fremd. Es sehnt sich nach seinem Schöpfer zurück, nach seiner Heimat. Der Mensch ist sein Feind. Es muss vor ihm fliehen. Deshalb fleht das Leben seinen Schöpfer an: Rette mich, geh mit mir. – Ein sehr nachdenklicher Text zu so einer schönen Melodie und so schönen Tänzen. Passt irgendwie nicht zusammen, aber macht vielleicht gerade deshalb Hoffnung.

Stimmt. Und der Song geht viral, das heißt, er verbreitet sich im Internet über die ganze Welt.

So schlecht kann das Netz dann ja wohl auch nicht sein ...

Sie sind ein kluger Mensch, Herr Doktor. Ja, nicht das Internet an sich ist das Problem, es ist der Mensch, der ihm nicht gewachsen ist. Denken Sie an das Bild von der Harley ...

Ja – aber ich möchte nochmals auf etwas anderes eingehen. Vorhin sagten Sie, das Internet sei eigentlich gar kein richtiges Netz. Aber die vielen Gruppen, die sich über soziale Netzwerke zusammentun und oft schräge oder auch gefährliche Thesen vertreten, bilden doch auch ein Netz. Nazis, Islamisten, Pädophile oder neuerdings diese Q-Anon-Leute – sie verbindet auch eine gemeinsame Idee, etwas Größeres, auch wenn es noch so abstrus ist.

Natürlich. Sie verbinden sich in den sozialen Netzwerken miteinander, und so gesehen ist es natürlich ein Netz. Aber geben die einzelnen Mitglieder – jedes als Individuum – der größeren Sache wegen eigene Freiheiten auf? Das sehe ich nicht. Ihr Ziel ist eigentlich gar nicht die gemeinsame Idee, denn die Idee ist für die Einzelnen nur Mittel zum Zweck. Der Zweck heißt Sinngebung. Die Idee gibt den Mitgliedern inneren Halt und Sicherheit, ordnet das Chaos der Welt und gibt den wirren Gedanken einen schützenden Käfig. Das ist mit allen Ideologien so. Sie sind Käfige, in die man sich gerne begibt

– der Lohn ist das gute Gefühl der Sicherheit. So gesehen geben sie natürlich eigene Freiheiten auf. Hauptsächlich die Freiheit, sich ihres eigenen Verstandes zu bedienen. Aber das kann man ja nicht gutheißen, oder?

Selbstverständlich nicht, da stimme ich Ihnen zu. Für mich sind das eigentliche Problem der sozialen Medien die Filterblasen, die inzwischen überall sprießen wie Pilze aus dem Boden.

Guter Gedanke, Herr Doktor. Das sehe ich genauso. Alle Gruppenbildungen in den sozialen Netzwerken sind eigentlich Filterblasen oder besser gesagt Echokammern. Filterblasen und Echokammern sind ja nicht ganz dasselbe. Bei den Filterblasen geht es vor allem um das technische Phänomen, dass Menschen nur noch das vorgesetzt bekommen, was sie vermeintlich interessiert. Echokammern sind das, von dem wir hier reden. Da geht es um die gesellschaftlichen Auswirkungen dieser Filterung – also wenn man sich nur noch in virtuellen Räumen bewegt, wo nur die eigenen Überzeugungen vertreten werden.

Danke für die Klarstellung. Ich bin doch immer wieder über Ihr Wissen erstaunt ...

Das muss Sie nicht überraschen, Herr Doktor. Es stammt ja nicht von mir. – Sobald sich eine Handvoll Menschen mit einer gemeinsamen

Idee zusammentut, entsteht eine Echokammer. Die Echokammer ist aber nicht das Problem, das Problem ist, nicht zu erkennen, dass man sich in einer solchen bewegt. Man hält die Überzeugungen, die in der Kammer geteilt werden, für einzig richtig, für die einzige Wahrheit. Vertreter anderer Kammern werden dann zu Lügnern gestempelt. Die große Gefahr ist, dass sich die Gesellschaft in viele einzelne von solchen Echokammern aufspaltet. Dann werden diese zu Kathedralen, in denen die Leute ihre jeweiligen Überzeugungen mit viel Halleluja anbeten und beweihräuchern. Jede Zeit hat ihre Religion, die degenerieren kann. Diese aber führt unweigerlich in den Untergang.

Ja, aber wir können unseren Echokammern nie ganz entfliehen ...

Sollen wir auch nicht. Das würde nur zur Vereinzelung verführen, was ebenso asozial wäre. – Da kommt mir grade ein Bild in den Sinn: Wie wäre es, wenn sich die vielen Echokammern vernetzen würden? Sie würden sich dann nicht immer nur mit sich selbst beschäftigen und um sich selbst drehen, sondern gemeinsam an etwas Größerem arbeiten. Ein Netz von Kammern, von Blasen, statt von fehlgeleiteten Narzissten und Egoisten. Da habe ich dann noch ein schönes Bild vor Augen: Die einzelne Echokammer ist eine Seifenblase, die vernetzten Echokammern sind Schaum. Vergleichen Sie doch mal die Bilder, Herr Doktor: Hier die schöne, schillernde Seifenblase in der Luft, dort der wabernde Schaum in der Badewanne. Schaum besteht schließlich auch aus Blasen, aus vielen, vielen kleinen Blasen. Die sich aber zusammengeschlossen haben zu etwas Eigenem, zum Schaum. Ich denke, das Bild passt gut, und es macht auch den Unterschied zwischen beidem deutlich: Seifenblasen sind natürlich schön anzusehen, wenn sie so schillernd durch die Luft tanzen. Aber über kurz oder lang werden sie zerplatzen. Meist haben sie eine sehr kurze Lebensdauer. Beim Schaum ist das anders. Er bildet eine ganze Masse und kann eine große Fläche bedecken. Vor allem ist er viel beständiger als Seifenblasen. Man kann mit der Hand auf ihn einschlagen oder ihn zwischen den Händen zerklopfen, das macht ihm nicht viel aus. Er verteilt sich höchstens in mehrere kleinere Schaummassen. Ewig hält er natürlich auch nicht, aber er ist von außen kaum zerstörbar. Und das übertragen Sie jetzt bitte einmal auf die einzelne Echokammer und das Netz von Echokammern ... Muss ich noch mehr dazu sagen?

Ein sehr interessantes Bild, Mutter Corona, das stimmt. So gesehen kann das Bild vom Schaum eine gut funktionierende Gesellschaft symbolisieren.

Das denke ich auch. Aber sprechen Sie heute einmal von solchen Dingen, mit solchen Bildern ... nur wenige dürften das verstehen. Die sozialen Medien produzieren nur Seifenblasen, wunderschöne Seifenblasen, wo sie doch eigentlich Schaum produzieren sollten. Wenn das Internet die Illusion erzeugt, alle sollten Seifenblasen werden, dann ist das Ende nahe. Wir stehen kurz davor. Deshalb ist auch meine Hauptforderung, die ich im Namen Gottes an Frau Merkel und an die ganze Weltgemeinschaft richte: Die Welt muss sofort ein Internet-Sabbatjahr einlegen. Ein virtueller Lockdown. Ein Jahr lang muss das Internet stillgelegt werden. Dann kann man die Menschen langsam wieder daran gewöhnen. Aber der Sonntag bleibt auch künftig internetfrei. Nur so wird die Katastrophe abzuwenden sein.

Interessante Ansichten, die Sie da wiedergeben, Mutter Corona, wirklich. Leider muss ich mich nun verabschieden, ich habe noch einen wichtigen Termin. Ich freue mich aber schon auf unser nächstes Gespräch.

Wenn Sie wollen, jederzeit. Es ist noch lange nicht alles gesagt.

Fünftes Gespräch

Haben Sie heute Morgen auch den Kometen gesehen, Herr Doktor?

Nein, leider nicht. Ich hab davon gelesen. Aber so früh wollte ich dann doch nicht aufstehen.

War beeindruckend. Ganz toll. Ist schon lange her, dass ich einen Kometen am Himmel gesehen habe. – Die Worte Komet und Corona fangen ja gleich an – also die ersten beiden Buchstaben. Kennen Sie die etymologische Bedeutung der beiden Begriffe?

Nun, Corona, das kommt aus dem Lateinischen. Es bedeutet Krone. – Komet ... Hm, da muss ich jetzt passen.

Nicht schlimm, Herr Doktor. Komet kommt aus dem Griechischen, und dort steht es für das Haupthaar – auch für Haarschweif. Ein Komet ist also ein Stern mit einem großen Haarschweif. Corona und Komet haben also beide etwas mit dem Kopf zu tun, interessant, nicht?

Im Englischen kann man zu Kopf auch crown sagen ... Ja, interessant.

Und dann heißt das Ding auch noch Neowise ... Der Stern der neuen Weisheit ... Das ist der Fingerzeig Gottes für die Menschen. Sie brauchen dringend eine neue Weisheit. Aber vielleicht ist Weisheit zu viel verlangt. Wise bedeutet doch auch klug oder vernünftig, nicht wahr, Herr Doktor?

Kann man so sagen.

Ja, Klugheit und Vernunft würden schon genügen. Dazu braucht es aber ein neues Denken. Und denken tut man mit dem Kopf. Ich denke, Klugheit, Vernunft und Weisheit sind eng miteinander verbunden. Aber die heutigen Menschen sind weder klug noch vernünftig und schon gar nicht weise. Sie sind rational, nur rational, nichts weiter als rational. Aber Rationalität ist nur Teil von Klugheit, Teil von Vernunft und Teil von Weisheit. Natürlich, ohne Rationalität gibt es keines von den dreien – oder nur in degenerierter Form. Obwohl: Rational ist nur als Adjektiv sinnvoll, als Substantiv kann es gefährlich werden, also als Rationalität, meine ich. Dann kann man die Ratio nämlich als Instrument missbrauchen, um die ganze Wirklichkeit der Welt erkennen und begreifen zu wollen. Und genau in diesem Irrtum sind die Menschen heute gefangen. Das ist der Fingerzeig Gottes, ja ... – Aber das werden die Menschen nicht verstehen. Deshalb muss ich noch warten, bis es so weit ist, um meine Botschaft zu verkünden. Gott wird es mir sagen, wenn die Zeit reif ist ... Aber da fällt mir noch etwas anderes ein, was man vielleicht leichter begreifen kann: Der Komet ist nicht nur ein Fingerzeig Gottes, er ist auch ein Sonnenanzeiger.

Wie meinen Sie das: ein Sonnenanzeiger?

Na ja, er zeigt doch immer in Richtung Sonne. Egal, ob er am Abend oder am Morgen über dem Horizont steht: Wenn man das Ende des Schweifs durch den Kopf verlängert, weiß man immer genau, wo die Sonne steht. Drum ist er ein Sonnenanzeiger. Der Mond und die Planeten sind das ja auch, wenn auch auf einer anderen Ebene. Solange sie leuchten, können wir selbst in der dunkelsten Nacht gewiss sein: Die Sonne lebt noch ...

Neowise wurde ja erst entdeckt, als die Corona-Pandemie schon voll ausgebrochen war. Das war genau am 27. März. Wussten Sie, Herr Doktor, dass Bayern genau an diesem Tag seinen Bußgeldkatalog bei Coronaverstößen veröffentlicht hatte? Tja: 150 Euro für jeden, der einem anderen näher als 1,50 Meter kommt, und gleich 500 Euro, wenn man unberechtigterweise ein Krankenhaus betritt. So schnell können die meisten Temposünder gar nicht fahren, um solche Bußgelder zahlen zu müssen ... Und übrigens: Als Neowise zuletzt am Himmel zu sehen gewesen war, hatten sie gerade begonnen, die Steine von Stonehenge zu errichten.

Echt? Woher wissen Sie denn das alles?

Ja, muss ich Ihnen das nochmals erklären? Recherchieren Sie bitte. – Aber ich muss mich korrigieren, oder vielleicht präzisieren: Kometen sind eigentlich Fingerzeige von Kairos. Sie wissen: Kairos, der griechische Gott des richtigen Zeitpunktes. Die Griechen kannten zwei Götter für die Zeit: Chronos und Kairos. Chronos ist für das Maß der Zeit verantwortlich, Kairos für deren Qualität.

Und wo ist der Zusammenhang zwischen Kairos und den Kometen?

Den gibt es in zweierlei Hinsicht: im Aussehen und in der Aussage. Kometen sehen doch aus wie Kairos auf den antiken Darstellungen, nicht wahr? Kairos hat einen interessanten Kopf: Vorn an Schläfen und Stirn hat er einen langen Haarschopf und der Hinterkopf ist ganz kahl. So sieht auch jeder Komet aus: Die glatte Seite des Kometenkopfes ist der kahle Hinterkopf, der Schweif ist das lange Haar. Der Hinterkopf von Kometen wird von der Sonne beschienen und strahlt hell auf, während sein Gesicht mit dem Haarschweif in die Tiefen des Weltalls schaut. Deshalb sind Kometen Symbole von Gott Kairos – und somit stehen sie mit der Zeitqualität in Verbindung.

Ich verstehe den Zusammenhang zwischen Kometen und Zeitqualität noch nicht ganz ...

Zeitqualität ist auch zu abstrakt. Es geht ganz konkret um den richtigen Zeitpunkt. Das ist die Verbindung zwischen Kairos und den Kometen. – Kometen sollen doch Unglück bringen, sagt man ...

Ach, das wusste ich gar nicht ...

Doch, doch. So hieß es jedenfalls früher. Johannes Kepler entdeckte einen Kometen im Jahr 1618. Da begann dann der 30-jährige Krieg. Aber Kometen lösen kein Unglück aus, genauso wenig wie irgendwelche Sternkonstellationen. Ich hab's ja schon gesagt: Kometen sind nur Anzeiger. Aber man muss die Zeichen verstehen.

Und der Komet Neowise zeigt jetzt die Corona-Krise an?

Ach, Corona ist doch nur ein Mosaikstein in etwas viel Größerem. Die große Umwandlung geht erst jetzt richtig los. Jetzt ist es wichtig, dass wir verstehen, wie der Komet mit dem richtigen Zeitpunkt zusammenhängt – dass wir also den Kairos der jetzigen Zeit wahrnehmen. Aber eben nicht nur wahrnehmen, sondern vor allem entsprechend handeln. Erkennen ohne handeln ist nutzlos. Wissen Sie, warum Kometen als Unglücksbringer gelten?

Nein.

Weil die Menschen immer den richtigen Zeitpunkt für das Handeln verschlafen haben, als Kometen am Himmel erschienen. Und jetzt kommt das Bild mit dem kahlen Hinterkopf und dem langen Haarschweif ins Spiel. Das heißt doch: Die Zeit zieht an uns vorbei. Wir müssen im richtigen Augenblick handeln – also die Chance am Schopfe packen. Schopf: Merken Sie etwas? – Wenn man diesen Moment verpasst, ist die Zeit weitergewandert. Wie Kairos. Dann kann man noch so danach greifen wollen: An einem kahlen Kopf gibt's nichts, was man ergreifen könnte. Verstehen Sie die Symbolik des Bildes, Herr Doktor?

Hm ... Ich denke, ja.

Neowise steht nicht mehr lange am Himmel. Von Tag zu Tag wird er blasser. Bald wird ihn niemand mehr sehen können. Jetzt ist noch Zeit, das Richtige zu tun. Wenn wir jetzt nicht handeln, wird dieser Komet wie so viele vor ihm zum Zeichen eines nahenden Unglücks. Gott wird mich aber noch im rechten Moment nach Berlin schicken. Und dann zur UNO. Nur er kennt den Tag und die Stunde. Ich werde geduldig auf seinen Ruf warten. – Jetzt möchte ich gerne schlafen, Herr Doktor. Der Herr ruft.

Aber natürlich, Mutter Corona. Tun Sie das jetzt.

Sechstes Gespräch

Mutter Corona, ich habe von unserer Küche die Information bekommen, dass Sie einen besonderen Essenswunsch haben. Ich war mir nicht ganz sicher, ob das so stimmt, wie es mir berichtet wurde ...

Ganz richtig, Herr Doktor, ich verlange ab sofort täglich ein Fleischgericht, und dieses Fleisch muss abgepacktes vom Discounter sein, das ist ganz wichtig.

Das überrascht mich jetzt doch ehrlich gesagt sehr, Mutter Corona. Was ist denn der Grund, dass Sie gerade jetzt darauf bestehen, abgepacktes Fleisch vom Discounter essen zu wollen? Ähm ... ich meine, gerade jetzt, wo doch ...

Ja, genau, gerade jetzt, wo in diesen großen Fleischfabriken das Coronavirus ausgebrochen ist und die ganze Welt sieht, wie es dort zugeht – das Leid der Arbeiter, und vor allem das Leid der Tiere. Gerade jetzt ist das dringend notwendig.

Verzeihen Sie, aber das verstehe ich nun wirklich nicht. Sollte man gerade aus diesem Grund nicht eher auf solches Fleisch verzichten?

Ja, da haben Sie recht. Die Menschen sollten darauf verzichten. Hätten schon längst darauf verzichten müssen. Aber ich bin Mutter Corona. Gott hat mich geheißen, ein Exempel zu statuieren. Ein Exempel aus purer Liebe zu den Tieren, aus völlig selbstloser Liebe, opfernder Liebe. – Was ist, Herr Doktor, Sie sehen so überrascht aus. Verstehen Sie das denn nicht?

Nun, ehrlich gesagt, kann ich das in der Tat nicht nachvollziehen. Erklären Sie mir das doch. Es interessiert mich sehr.

Es ist ein Exempel, verstehen Sie? Wichtig ist die Botschaft dahinter. Das Ziel ist, diese Botschaft zu verstehen, und nicht, es mir nachzumachen – also ebenfalls jeden Tag verpacktes Billigfleisch vom Discounter zu essen. Ich werde dieses Fleisch mit Freude essen, mit Genuss – und ich hoffe, die Küche kann es gut zubereiten, damit es auch ein Genuss ist. Fragen Sie mal, für wen ich das mache, Herr Doktor.

Wenn es eine Botschaft sein soll, dann wohl für uns heutige Menschen. Aber ich verstehe noch immer nicht den Sinn dahinter.

Für die Menschen, ja, wenn es um die Botschaft geht. Aber an erster Stelle stehen die Tiere. Ich mache es in erster Linie für die Tiere. Die brauchen keine Botschaft, die brauchen Achtung, nachträglich, posthum sozusagen. Ich ehre sie, indem ich ihr Fleisch mit Freude und Genuss esse. Und vor allem mit Dankbarkeit. Ich erweise den Tieren einen letzten Liebesdienst. Wo landet denn dieses Fleisch gewöhnlich? Auf den Grills und Tellern der übersatten Wohlstandsbürger. Dort sterben die Tiere ihren zweiten Tod, missbraucht als Mittel zur Genussbefriedigung, runtergespült mit Bier und Cola, um träge, müde und gespannte Bäuche zu machen. Alles für einen kurzen Gaumenkick. Oder es landet bei den Burgerkonzernen, den Dönerbuden oder in den Volksfestzelten. Auch keine besseren Aussichten für das Fleisch, das einmal ein geschundenes und missbrauchtes Tier war. Früher gab es wenigstens noch ein Tischgebet – auch wenn es oft geistlos heruntergeleiert wurde. Aber es gab diese paar Sekunden des Innehaltens. Zumindest ein Versuch einer Danksagung. Gott hat mich beauftragt, dies nun ganz bewusst nachzuholen. Und damit den Menschen zu zeigen, um was es in der Coronakrise auch geht. Ja, um was es vor allem geht.

Der Schlüssel zur Lösung der Corona-Pandemie liegt beim Tier. Vom Tier ist Corona gekommen. Es bringt die Botschaft des Tieres mit sich. Corona ist der Schmerzensschrei des Tieres. Um zu schreien, braucht man Luft. Viel Luft. Und Luft hat man in der Lunge. Genau dort setzt das Virus zuerst an. Im Extremfall muss man beatmen. Kein Wunder. Wer einmal heimlich aufgenommene Videos aus den Großagrarfabriken mit ihrer unsäglichen Massentierhaltung gesehen hat, der weiß, wie es sich anfühlt, wenn einem die Luft wegbleibt – die Luft im Hals steckenbleibt. Das Verhalten der „Krone der Schöpfung" ist dazu fähig, uns die Luft abzustellen – oder aber Corona. Die Zeit war reif für Corona. Und als Nächstes werden die Schweine die Pest bekommen. Der Schneeball ist geworfen. Die Lawine kommt.

Ja, Sie haben recht, Mutter Corona. Das Thema Massentierhaltung wird immer drängender. Aber ich denke, das merken inzwischen immer mehr Menschen. Und dass sich nun das Virus gerade in den Großschlachtereien so stark ausbreitet, wird die Aufmerksamkeit umso stärker darauf lenken.

Ja, die Aufmerksamkeit. Das mit der Aufmerksamkeit kennt man doch zur Genüge. Geschehen große Unglücke und Katastrophen, dann ist die Betroffenheit unter den Menschen riesig. Dann wird gespendet. Spenden ist ja ein weiches Ruhekissen fürs Gewissen, nicht wahr? Wer Geld gibt, dem tut es meist nicht weh. Spenden ist eine elegante Art der Gewissensberuhigung. Deshalb lässt die Aufmerksamkeit auch so schnell nach und man vergisst. Spenden lassen schneller vergessen. Gutes tun dient der Gewissensbesänftigung. Aber nur, wenn es nicht wehtut. Sind Ihnen noch alle Katastrophen des letzten Jahres in Erinnerung, bei denen zu Spenden aufgerufen wurde, Herr Doktor?

Hm ... Ja, es stimmt. Das ist schon ziemlich weit weg. Überschwemmungen oder Erdbeben ... Aber genau kann ich Ihnen das wirklich auch nicht mehr sagen.

Sehen Sie. Kein Vorwurf, Herr Doktor, das geht allen so. So ist es auch mit dem Tierleid. Das ist ja eine Art Dauerzustand, keine einmalige Naturkatastrophe, die einen einmal kurz betroffen macht und die man schnell wieder vergisst. Ein Dauerzustand, hören Sie? Heute, an diesem Tag, werden in Deutschland rund zwei Millionen Tiere geschlachtet, das sind 1400 in der Minute, 23 jede Sekunde. Und das Tag für Tag. Und die meisten in diesen unsäglichen Tötungsfabriken, die mit Tierquälerei einen dicken Reibach machen. Aber glauben Sie mir: Im nächsten Jahr haben die meisten Menschen wieder vergessen, was mit Corona und den Schlachthäusern war. Das Leid der Tiere in der industriellen Fleischproduktion gibt es schon viele, viele Jahre. Und es wird von Jahr zu Jahr schlimmer, egal, welche Tierschutzgesetze mal wieder verschärft werden, um die sich dann doch niemand kümmert. Dann sehen wir wieder einmal einen Fernsehbericht, eine verstörende Doku oder Bilder im Internet, bei denen man schnell wieder wegschaut. Das war's dann aber auch wieder. Unserem Humanitätsgefühl fehlt es an Nachhaltigkeit. Was nützt dann eine weitere Sendung, die das Thema aufgreift, oder was bringt eine Talkrunde mit dem vorhersagbaren Ausgang, dass alle dafür sind, dass endlich etwas geschehen muss? Die darauffolgende Sendung ist ein Krimi oder eine Kochsendung oder eine Naturdoku über die Schönheit der Berge. Und schon ist alles wieder gut. Muss ja auch gut sein. Kein Mensch könnte all die Bilder und Berichte in Dauerpräsenz im Bewusstsein behalten. Er würde wahnsinnig. 23 Tiere allein in der Zeit, in der der Sekundenzeiger von einem Strich zum nächsten springt. Und das nur in Deutschland. Verdrängung ist Selbstschutz, nicht wahr, Herr Doktor?

Sie sagen es ...

Gut, man sagt dann: Ja, diese Massentierhaltung und so, das wollen wir alle nicht. Machen wir mal ein bisschen auf vegan, oder zumindest auf vegetarisch. Da müssen keine Tiere sterben. Und wenn dann morgen früh mal wieder der Kopf wehtut, wirft man sich wie gewohnt eine Ibuprofen ein. Kopfweh muss ja nicht sein. Nein, muss nicht sein, weil für die Pharmaforschung über 700 000 Versuchstiere jährlich ihr Leben lassen müssen. Oder die Pillen, die sie mir verschrieben haben, damit ich geistig wieder normal werde: An jeder klebt das Blut von Abertausenden von Tieren, die nur zum Zweck der Forschung gezüchtet und dann eben verbraucht werden. Aber das ist ja etwas anderes, sagt man dann. Da geht es um unsere Gesundheit und nicht um unsere Esslust. Wenn es um das Wohlergehen des Menschen geht, müssen sich die Mitgeschöpfe in dessen Dienst stellen lassen. Geht nicht anders, klar. Aber was ist das für eine Medizin, die nur wirksam sein kann, wenn sie Massen unschuldiger Tiere tötet? Können Sie mir das sagen, Herr Doktor?

Tja, sicher, ich verstehe das, ja ... Aber es gibt klare ethische Richtlinien für die Tierversuche.

Richtlinien, aha. Pseudoethische Freifahrtscheine sind das, weil unsere Medizin ohne sie so hoch entwickelt eben nicht sein kann. Klar. Der Mensch wird nun mal als Krone der Schöpfung betrachtet, Punkt. Und Ethikkommissionen verteilen Feigenblätter, damit das irgendwie kaschiert wird. Am medizinischen Fortschritt klebt Tierblut.

Wir können das Rad nicht zurückdrehen. Wie viele Menschen würden wieder an Krankheiten sterben müssen, die wir dank wirksamer Medikamente heilen können.

Sie haben recht, Herr Doktor. Das ist ja der Skandal, dass Sie recht haben. Dieser Teufelskreis hat sich geschlossen und niemand kann ihn mehr aufbrechen. Das ist die Schuld, die wir durch den wissenschaftlichen Fortschritt auf unsere Schultern geladen haben. Aber durch die Feigenblätter wird das Joch leicht, ja fast nicht spürbar. Es sieht so aus, als stecke uns der bestialische Umgang mit den Tieren in den Genen. Sie kennen doch die Redewendung: Man geht mit jemandem um wie mit Vieh. Diese Floskel ist sicher schon sehr alt. Jedenfalls ist sie nicht erst im Zeitalter der Massentierhaltung entstanden. Also ist man auch früher nicht umsichtiger mit den Tieren umgegangen. Heute hat man die technischen Möglichkeiten, die den Umgang viel brutaler erscheinen lassen. Hätten die Menschen schon vor 1 000, 5 000 oder 10 000 Jahren diese Möglichkeiten gehabt, sie hätten sie genauso angewendet. Nicht der Mensch ist roher geworden, er hat nur bessere Möglichkeiten, die Rohheit praktisch umzusetzen. Wie mit Vieh umgehen: Das heißt doch, dass man es mit einem Menschen macht wie mit Tieren. Also, wie mit Tieren so üblich. Deshalb scheint es dem Menschen in den Genen zu liegen, so bestialisch mit den Tieren umzugehen. Aber vielleicht ist das zu krass ausgedrückt. Er hat es wohl irgendwann einmal so gelernt, weil Gott sagte: Macht euch die Erde untertan. Und mit einem Untertan geht man ja nicht unbedingt pfleglich um. Moses hat da wohl nicht richtig zugehört, als Gott ihm von der Erschaffung der Welt berichtete. Wahrscheinlich haben aber auch die Übersetzer es falsch verstanden.

Das Tierwohl scheint für Sie eine ganz besondere Bedeutung zu haben ...

Ganz recht. Dass in der Corona-Pandemie gerade die riesigen Schlachthöfe in den Blickwinkel gekommen sind, verwundert mich nicht. Sie wissen, wessen Schutzpatronin ich bin, Herr Doktor?

Nein.

Corona ist die Schutzpatronin der Metzger, der Fleischer. Ist das nicht interessant? Wie kommt das? Ganz einfach durch die Art meiner Hinrichtung. Weil ich einen Mitchristen unterstützt hatte, hat man mich zum Tode verurteilt – auf eine, sagen wir einmal, recht pikante Art und Weise. Man stellte mich zwischen zwei Palmen, band lange Seile an die jeweiligen Kronen, zog sie daran zum Boden herunter, und machte die anderen Seilenden an meinen Füßen fest. Dann ließen sie die Seile los, und die gebogenen Palmen schnellten in die Höhe. Was mit mir dabei geschah, können Sie sich ausdenken. Es riss mich von den Beinen bis zum Kopf auseinander. Wenn ich Schweinehälften in Schlachthöfen sehe, dann ... na ja, Sie können es sich denken, Herr Doktor. Das passte also wunderbar, um mich zur Schutzpatronin der Metzger zu machen.

Und übrigens: Bald ist Laurentiustag. Am 10. August ist der Gedenktag des Heiligen Laurentius. Der war auch Märtyrer. Auch er wurde auf bestialische Art hingerichtet. Man legte ihn auf einen glühenden Rost. Man grillte ihn sozusagen. Bei lebendigem Leib. Sollte dieser Laurentius nicht auch Patron unserer Zeit sein, wo doch die Grillsaison ein so bedeutsamer, ja fast sakraler Bestandteil unseres Jahreslaufs geworden ist? Das ist jetzt auch wieder zynisch, nicht wahr Herr Doktor? Aber bei solchen Methoden, Menschen mit dem Tod zu bestrafen, ist Zynismus wohl eine Art Heilmittel für die Seele, wenn auch nur, um den Schmerz zu kompensieren.

Ja, wirklich ekelhaft, was Menschen Menschen antun können. Zum Weinen ...

Richtig, zum Weinen. Und das Weinen hat wieder etwas mit dem Laurentius zu tun – und dem Kometen.

Wie das?

Die Zeit um den Gedenktag des Laurentius ist der Höhepunkt der Perseiden. Das ist ein jedes Jahr um diese Zeit auftretender Meteorstrom, also Sternschnuppenschwarm. Er ist der größte und bedeutendste des ganzen Jahres. Man kann dann die meisten und schönsten Sternschnuppen sehen. Sie entstehen durch Staubkörnchen eines ehemaligen Kometen. Jedes Jahr von Mitte Juli bis Mitte August durchläuft die Erde diesen Staubnebel, und das erzeugt dann die Sternschnuppen. Und weil das um die Zeit des Laurentiustages passiert, hat man diese Sternschnuppen auch Laurentiusträne genannt. Der heilige Laurentius weint also, wenn die Menschen in diesen lauen Sommernächten ihre Steaks, Würste und Schnitzel auf die Grills werfen und sich die eh schon dicken Bäuche damit vollschlagen. Nomen est omen.

Ja, kann man so sehen. Aber ich verstehe noch nicht ganz, was Sie nun von der Politik bezüglich der Tierhaltung verlangen wollen. Sollen wir alle Vegetarier werden oder Veganer?

Das wäre das Ziel, richtig. Die höchste Kulturleistung des Menschen wird es sein, wenn er einmal den Fleischgenuss überwunden haben wird. Vorher wird nie wirklicher Friede und niemals wahre Eintracht zwischen den Menschen sein.

Das wird sich aber kaum politisch umsetzen lassen, was meinen Sie?

Richtig, dazu braucht es mehr als Politik. Dazu braucht es mehr menschliche Reife. Aber alles, was reifen will, braucht Zeit. Corona kann den Weg zu dieser Reife ebnen – oder aber in den Untergang führen. Gott hat klare Anweisungen, was nun zu tun ist. Ich werde sie demnächst vor aller Welt vortragen.

Und wie sehen diese aus, wenn es um das Tierwohl geht?

Es ist nicht anders als mit dem Internet. Wir brauchen auch hier ein Sabbatjahr. Unser Herrgott verlangt, dass alle industriellen Schlachtungen weltweit auslaufen, das heißt, die Tiere, die noch in den Ställen stehen, werden noch geschlachtet, es werden aber keine neuen Tiere mehr großgezogen. Dann stehen die Schlachthöfe still und alle Beteiligten können in sich gehen. Nach diesem Jahr beginnt man langsam wieder mit der landwirtschaftlichen Tierhaltung zur Fleischgewinnung. Aber nur in sehr kleinen Einheiten unter noch strengeren Regeln, wie sie heute schon bei den Bio-Betrieben gelten. Massentierhaltung wird geächtet und verboten. Fleisch wird zum Luxusartikel, den man nur zum Wochenende kaufen kann. Unter der Woche gilt ein Verkaufsverbot. Hamsterkäufe sind untersagt. So will es Gott. Denn Gott will, dass der Mensch in dieser Krise reift, und nicht, dass er untergeht.

So, das reicht jetzt für heute. Bald gibt es Abendessen. Ich habe ein großes Schweineschnitzel angefordert. Wenn das nicht klappt, dann trete ich in den Hungerstreik. Ich wäre Ihnen dankbar, Herr Doktor, wenn Sie das in der Küche nochmals sagen.

Gut, Mutter Corona, das werde ich tun. Darf ich morgen wieder bei Ihnen vorbeischauen?

Gerne.

Hat es gestern Abend mit dem Essen geklappt, Mutter Corona?

Ja, bestens, danke. Na ja, ein Genuss war es nicht unbedingt, aber doch befriedigend. Ich habe während des Essens in Gedanken einen Rosenkranz für das Tier gebetet und das Stück Fleisch vorher noch gesegnet. Ich denke, das hat ihm gutgetan. Übrigens: Waren Sie am Samstag auch in Berlin?

Nein, was sollte ich in Berlin, Mutter Corona?

Na, bei der großen Corona-Demo ...

Ach so, Sie meinen die Großdemonstration der Coronaleugner. Nein, da war ich nicht.

Hätte mich auch gewundert, Herr Doktor. Spiel nicht mit den Schmuddelkindern, nicht wahr?

Nun, mit den Leuten kann ich mich nicht identifizieren. Ich denke, die haben die Gefahr, die ihr Handeln für die Allgemeinheit darstellt, nicht gesehen – oder auch nicht sehen wollen.

Stimmt, für die gibt es ja keine Gefahr durch Corona – ist ja alles inszeniert, um uns zu knechten und zu Sklaven zu machen. Gut, das sagen nicht alle, aber viele. Und wenn es keine Gefahr gibt, kann man auch niemanden gefährden. Ist doch logisch, oder nicht?

Dass das logisch ist, möchte ich doch bezweifeln.

Doch, ist es: Wenn es keine Gefahr gibt, dann kann man niemand anderen gefährden. Wenn von Corona keine Gefahr ausgeht, muss ich keine Angst haben, ohne Abstand und Maske andere anzustecken oder angesteckt zu werden. Was daran ist unlogisch?

Logisch wäre das nur, wenn die Aussage richtig wäre, dass von Corona keine Gefahr ausgeht. Aber dem ist ja nicht so.

Ja, da haben Sie vermutlich recht. Die Frage ist nur, wie groß diese Gefahr wirklich ist. Mit Pest und Ebola lässt sie sich nicht vergleichen. Und deshalb sind Fragen nach der Verhältnismäßigkeit der Maßnahmen angebracht. Ist man gleich ein Verschwörungstheoretiker, wenn man solche Fragen offen stellt? Oder sich die Frage stellt, wie alternativlos der Lockdown tatsächlich war? Oder die Seriosität hinterfragt, mit der die offiziellen Stellen an das Thema Pandemie herangegangen sind? Oder warum kritische Stimmen in den öffentlichen Medien kaum zu hören waren, und wenn, dann meist so, dass das alles Fakes sind?

*Sicher nicht. Man darf immer kritisieren. Wir
leben in einer offenen Gesellschaft und in einem
demokratischen Rechtsstaat.*

Entschuldigen Sie, Herr Doktor, aber das ist
jetzt das übliche Blabla, das man immer wieder
hört: Alles gut, alles gut. Es gab noch nie so einen freiheitlichen Staat auf deutschem Boden ...
Wir haben eine der besten Verfassungen auf der
ganzen Welt ... Wir stehen doch so gut da, warum machen wir immer alles so schlecht? Jaja,
stimmt sicher. Aber positives Denken lullt auch
ein. Kann sogar blind machen: Alles läuft gut,
deshalb vertrauen wir unseren Hirten. Punkt.
Die Weide ist grün, wir werden alle satt. Wir
sind dankbar, dass wir so leben können. Wenn
Gefahr droht, dann merken das unsere Hirten
schon, lasst uns also weiter das fette Gras fressen. Wir können in Sicherheit und ohne Angst
leben, und wenn es doch einmal gefährlich wird,
machen wir genau das, was die Hirten uns sagen. Wer zu viel nachdenkt, hat weniger Zeit
zum Fressen. Ach, ist die Welt doch schön ...

*Das klingt jetzt aber doch etwas zynisch, meinen
Sie nicht auch?*

Ja, und? Ist das auch nicht erwünscht? Stört das
zu stark? Ist das zu unbequem? Ist heute nur
noch weichgespülter intellektueller Singsang
akzeptabel? Eine wunderschön fluffige Seichtig-
keit des Denkens, die von einer religiös mutier-

ten Wissenschaft mit szientistischem Weihwasser besprengt wird? Okay, wieder zynisch, also lassen wir das.

Hm ... Ich sehe jetzt nicht genau, was das mit der Corona-Pandemie zu tun hat.

Sie enttäuschen mich heute, Herr Doktor. Was soll diese Frage? Solche Fragen zu stellen ist meist eine Defensivtaktik, wenn man nicht weiß, wie man weiter argumentieren soll. Aber lassen wir das, das bringt nicht wirklich weiter. Ich denke, es ist viel interessanter, darüber nachzudenken, welche Folgen diese Großdemonstration haben wird. Diese hängen ja auch direkt mit der COVID-19-Krankheit zusammen. Was jetzt gesellschaftlich passiert, ist eine Coronafolge. Wir sollten uns einmal die Frage stellen, was das für Leute sind, die da auf die Straße gegangen sind. Was meinen Sie, Herr Doktor?

Nun, ich habe das eher am Rande verfolgt, aber ich denke, es war eine sehr unterschiedliche Klientel. Zumindest war das bei den Berichten, die ich gesehen und gelesen habe, der Grundtenor.

Ein bunter Mix, das stimmt. Aber alle gemeinsam waren sie wohl Covidioten, wie es sogar aus der Politik geheißen hat. Das ist doch eine ziemlich pauschale Beleidigung, finde ich zumindest. Idioten sind dumme Leute – Menschen mit verminderter Intelligenz. Das passt nun aber sicher nicht. Ich will Ihnen das erklären. Heute Nacht habe ich die Einsicht darüber von Gott bekommen. Also hören Sie: Zunächst gibt es die Trittbrettfahrer. Da sind auf der einen Seite die Rechten und auf der anderen Seite die Hedonisten, so wurde mir gesagt. Beiden geht es gar nicht wirklich um die Sache. Bei den Rechten ist das klar, muss ich also nicht weiter erklären. Auf der Baseballmütze der Hedonisten steht groß „Freedom first!". Denen geht es also um nichts anderes als um ihre persönliche Freiheit. Alles, was den eigenen Lustgewinn einschränkt, wird bekämpft. Diese Leute haben ein gespaltenes Verhältnis zu Freiheit und Verantwortung. Deren Geist ist kontaminiert mit postmodernen Flausen. Obwohl, nichts gegen die Postmoderne, aber das ist nicht das Thema. Da haben wir also zwei ziemlich fanatische Gruppen: Die einen sind Ideologen, die anderen Egoisten. Aber, wie gesagt, das sind nur die Trittbrettfahrer. Der großen Masse der Demonstrierenden ging es wirklich um die Sache, auch wenn sie selbst wieder aus unterschiedlichsten Ecken kamen.

Gott schenkte mir folgende Einsicht: Es gibt hier vor allem drei Gruppen, die Negativen, die Naiven und die Nachdenklichen. Die Negativen sehen überall das Böse am Werke. Für sie ist eine großangelegte Verschwörung im Gange, die die Demokratie abschaffen und uns zu Sklaven einer geheimen Machtelite machen will. Die

Gefährlichsten unter denen sind die Q-Anons, die in Donald Trump den großen Erlöser sehen. Sie sind mehr als nur offen für rechtsradikales Gedankengut. Ganz anders die Naiven. Die wollen eine Gefahr überhaupt nicht sehen. Also eine Gefahr durch Corona. Alles sei aufgebauscht und übertrieben. Mit einem guten Immunsystem und guten Gedanken brauche niemand vor dem Virus Angst zu haben. Freude, Achtsamkeit und innerer Friede helfe dabei mehr als jede Impfung. Das ist sozusagen eine Post-Hippiebewegung. So wie die anderen offen für rechte Ideen sind, sind es diese für esoterische. Negative und Naive sind nicht immer klar getrennt, sie durchmischen sich häufig. Etwas abseits von den beiden steht die Gruppe der Nachdenklichen. Sie können weder mit den Negativen noch mit den Naiven wirklich etwas anfangen, dazu sind sie zu nüchtern. Sie wollen so viele Informationen wie möglich, um sich dann eine eigene Meinung zu bilden. Sie sehen die Maßnahmen der Politik kritisch, wollen ihre Meinung aber mit belastbaren Fakten belegen können. Bei der Demo in Berlin waren die Nachdenklichen eindeutig in der Minderheit. Aber egal, ob Negative, Naive oder Nachdenkliche: Alle, die mitgemacht haben, haben eine ganz besondere Form der Naivität an den Tag gelegt, die Naivität, zu glauben, mit ihrer Demo ein Umdenken in Politik und Gesellschaft bewirken zu können. Das Gegenteil wird jetzt geschehen. Sie sagten, der 1. August 2020 werde zum Tag der Freiheit werden. Er wird ein Tag des Bumerangs werden. Noch nie hat eine junge Bewegung der Politik und den Mitmenschen so viel Futter geliefert, um sich gegen sie zu stellen. Ich hoffe, Sie verstehen, was ich meine, Herr Doktor.

Ich nehme an, Sie meinen das Hand-in-Hand-Marschieren mit den Rechten und den extremen Verschwörungsgläubigen.

Aber nein. Das haben wir doch längst abgehakt. Immer wieder zu behaupten, da seien überall Neonazis und militante Reichsbürger rumgelaufen, ist nun wirklich Unsinn. Überlegen Sie doch. Da laufen zigtausend Menschen dicht an dicht und ohne vorgeschriebenen Mundschutz und wollen mal eben die Pandemie für beendet erklären, während im Land die Zahl der Neuinfektionen wieder steigt. Glauben Sie mir: Wenn diese Leute wüssten, was erst im Herbst und Winter auf sie zukommt, es würde niemand hier demonstrieren. Wenn sie wüssten, dass das Frühjahr nur ein Vorgeschmack für das war, was da noch kommen wird ... Und dann sind diese Leute auch noch allen Ernstes davon überzeugt, dass der Rest der Bevölkerung das gutheißt, die Demo-Partygänger als Befreier bejubelt und dass die Regierung schließlich einknickt und im Handstreich zum schwedischen Modell wechselt. Das ist die wahre Naivität, Herr Doktor, verstehen Sie jetzt?

Ja, Mutter Corona, da haben Sie recht. Sie haben genau das Gegenteil dessen erreicht, was sie fordern. Jetzt wird nämlich schon darüber diskutiert, wie man solche Demos unterbinden oder zumindest die Regeln noch weiter verschärfen kann.

Sehen Sie, so läuft das nun. Nun haben sie bei vielen den letzten Rest an Verständnis verloren. Man kann sie jetzt ohne mit der Wimper zu zucken als rücksichtslose Egoisten beschimpfen und mit dem Finger auf sie zeigen: Seht, die sind schuld, wenn jetzt wieder Menschen an COVID-19 sterben. Ohne es zu merken, haben wir wieder ein Feindbild des gefährlichen Bösen erschaffen. Darin haben wir ja genügend Erfahrung, nicht wahr? Aber wer ist wir? Es ist der Chor des moralischen Aufschreis jener, die nun mit dem Finger zeigen: die Medien, die Politiker, die Wissenschaftler, all die sogenannten Vernünftigen, die wissen, was zu tun ist, um uns vor dem Virus zu schützen. Krisenzeiten sind Feindbildzeiten.

Aber jetzt habe ich selbst den Fehler gemacht, die Dinge aus einer einseitigen Sicht zu bewerten. Sie sehen: Niemand ist davor gefeit, auch eine Prophetin Gottes nicht. Alle Demonstrierende als dumm und egoistisch zu bezeichnen garantiert nicht das eigene Freisein von Dummheit. Etwas seriöser ausgedrückt: Man darf nicht alle über einen Kamm scheren. Genau das geschieht aber in den Medien. Kaum mal eine

Stimme, die dazu mahnt, das differenzierter zu betrachten. Bei aller Vorsicht, die man walten lassen sollte: Es ist eigentlich gut, dass so viele Leute auf die Straße gehen. Es ist ein Zeichen, dass die Masse ihr Massedasein satt hat. – Moment, halt. Sehen Sie? Jetzt, Herr Doktor ...

Was meinen Sie?

Jetzt spricht er wieder zu mir. Gott. Er spricht. Und er mahnt mich. Ich soll aufrichtig sein und seine Wahrheit berichten und sie nicht mit meiner Meinung vermengen ...

Und, was hat er Ihnen eben gesagt?

Er sagte, dass die Menschen sehr wachsam sein sollten, was bei den Demos abgeht. Niemand dürfe die Demonstrierenden als dumm, egoistisch oder idiotisch bezeichnen. Die Ideologen seien nur eine Randerscheinung. Die große Masse sei der Wahrheit näher als die, die nun mit dem Finger auf sie zeigen. Sie spürten, dass in dieser Zeit etwas zu kippen beginnt, dass etwas für das Leben Grundlegendes gefährdet ist. Es sei ein Schwarm, der spüre, wenn Gefahr droht. Es geht nicht um Masken, es geht um Menschlichkeit. Es geht nicht um Freiheitsrechte, es geht um essenzielle Humanität. Die Regierung ist Opfer, nicht Täter. Die Täter kommen aus dem Kristall, sagt der Herr. Und sie haben sich wie ein Virus über die ganze Menschheit verbreitet. Corona ist ein Warnzeichen. Die Menschen auf den Demos haben eine Ahnung davon. Doch falsche Propheten würden sie verführen und ihnen Lügen als verkappte Wahrheiten ins Herz pflanzen. Wegen der falschen Propheten bin ich da. Ich werde die Wahrheit Gottes verkünden. Das waren die Worte, die ich gerade gehört habe.

Aber bleiben wir bei der Realität und denken wir einmal weiter: Was wird passieren, wenn die Leute wieder auf die Straße gehen? Für Ende August wollen sie noch einen draufsetzen und mit Millionen von Demonstranten durch Berlin ziehen. Was werden die selbsternannten Vernünftigen mit den ach so gefährlichen Narren machen? Schnell wird der Finger, mit dem man auf sie zeigt, zum Knüppel, zur Waffe. Es beginnt schon jetzt mit dem Denunzieren. Im Humus der Gesellschaft schlummern schon lange ungemein viele Samenkörner des Denunziantentums. Corona bringt nun das notwendige Wasser dazu. Und schon sprießt es überall. Wer auf der Demo war, mit dem verweigert man jeden Umgang. Wenn er ein Freund war, wird er entfreundet, wer offen Sympathie mit den Auffassungen der Covidioten zeigt, gefährdet seinen Arbeitsplatz. Erste Kündigungen gab es schon. Ihren Kindern droht Stigmatisierung in Kita und Schule. Die soziale Ausgrenzung beginnt heute, und sie wird in einem Desaster enden. Das, lieber Herr Doktor, ist COVID-19. Die Menschen werden wünschen, das Virus hätte nur ihre Lungen befallen.

Das ist ein düsteres Bild für die Zukunft.

Die Menschen haben es in der Hand. Aber gut ... Herr Doktor, ich warte noch auf eine wichtige Frage von Ihnen.

Welche meinen Sie?

Ob Jesus auch bei der Demonstration dabei gewesen wäre.

Hm ... Eine interessante Frage. Die ist mir bisher noch nicht gekommen.

Dann wird es Zeit, sie zu klären. Natürlich wäre Jesus bei der Demo mittendrin gewesen, er wäre aber nicht mitmarschiert.

Das klingt paradox. Erklären Sie mir das.

Stimmt. Das klingt einigermaßen paradox. Aber eine Wahrheit, die nicht gleichzeitig einleuchtend und paradox ist, ist keine. Jesus hätte das nie aus der Ferne beobachtet, wie die meisten es tun: am Fernseher, im Internet und so. Jesus war immer dort, wo es zentral um Heil und Unheil ging. Und das tut es bei diesen ganzen Coronademos ja auch. Es geht nur vordergründig um das Virus, und es geht auch nicht um Verschwö-

rungschaoten, Egomanen oder rechte Trittbrettfahrer. Es geht um eine ganz tiefe Sehnsucht des
heutigen Menschen, die sich aus dem Heillosen
dieser Welt speist. Die Welt ist heillos, ver-
strickt in kapitalistischen und neoliberalen
Zwängen, die den Menschen zum seelenlosen
Ding degradieren, zum Ziel von Manipulation
und Entfremdung vom eigentlichen Sein. Jesus
wäre mittendrin gewesen im Herz dieser Bewegung. Er hätte nicht gefragt, wie viele böse Bu-
ben dabei sind und ob da alle auch rechtden-
kend sind. Recht, nicht rechts – Sie verstehen?

Ja.

Die Verirrten waren sein Publikum. Und sie
wären es heute genauso.

*Aber er wäre nicht mit ihnen marschiert ... Habe
ich Sie da richtig verstanden?*

Ja, das haben Sie. So wie er es damals in Judäa
und Galiläa auch nicht tat. Damals gab es eine
antirömische Bewegung, Leute, die sich offen
gegen die Besatzer auflehnten und sich gegen
sie stellten, auch mit Gewalt. Es gibt eine innere
Verbindung zwischen damals und heute. Sie
kennen doch sicher die Weihnachtsgeschichte.
Dort ist von einer großen Volkszählung die Rede, wegen der Maria und Josef von Nazareth
nach Bethlehem reisen mussten. Wissen Sie
aber auch, dass diese Zählung einen Aufstand

unter den Juden auslöste, von dem nichts in der Bibel steht? Viele von ihnen fühlten sich von den Römern gegängelt und ihrer Freiheit beraubt. So entstand die Widerstandsgruppe der Zeloten. Ihre Gründer und ersten Anführer waren Judas der Galiläer und der Pharisäer Zadok. Ihrer Meinung nach führe die Zählung in die offene Knechtschaft, weshalb man die eigene Freiheit schützen und für sie kämpfen müsse. Das klingt doch ähnlich wie das, was man auf den Demos heute hört, nicht wahr? Galiläa war das Zentrum dieser Bewegung. Und Jesus stammte von dort. Er kannte die Leute also sehr gut. Aber wo hatten die Zeloten ihre treuesten Anhänger? Unter der armen Landbevölkerung, den Entrechteten, den Notleidenden. Und genau da war auch Jesus. Aber er marschierte nicht mit den Zeloten mit, obwohl einige von ihnen auch zu seinen Anhängern zählten. Er hatte ein vollkommen anderes Programm, eines der radikalen Liebe. Nicht der seichten und romantischen Friede-Freude-Eierkuchen-Emotionalität, sondern der Liebe, die zum Äußersten bereit ist. – Sie schauen etwas irritiert, Herr Doktor ...

Ja? Hm, das sind Gedanken, die mir neu sind. Ich kenne mich mit Religion auch nicht wirklich gut aus.

Müssen Sie ja nicht. Sehen Sie nur, wohin das damals führte: Die Zeloten waren eine aggressivmännliche Bewegung, die auf Gewalt setzte. Sie führte zum Untergang der jüdischen Gesellschaft mit der Zerstörung des Tempels von Jerusalem im jüdischen Krieg. Die Jesus-Bewegung war eine radikal-weibliche Bewegung und galt nach der Kreuzigung ihres Anführers als gescheitert. Doch aus ihr entstand später eine Weltreligion. Beide wirkten aber im gleichen Umfeld. Die Menschen sollten genau beobachten, was jetzt in diesen Tagen geschieht. Es wird ein großes Scheitern geben, das ist unausweichlich. Nur was daraus wird, liegt in des Menschen Hand: Tod und Verderben oder Neugeburt und Erlösung. – Das sind die Worte Gottes. Und das soll für heute genügen.

Achtes Gespräch

Sie kennen den Kabarettisten Nuhr, Herr Doktor? Dieter Nuhr?

Ja, den kenne ich. Der tritt doch öfter ins Fettnäpfchen … Wollen Sie auf seinen aktuellen Streit mit der Deutschen Forschungsgesellschaft anspielen, Mutter Corona?

Aha, Sie wissen, um was es geht … Ja, das meine ich. Sieht auf den ersten Blick wie ein Sommerlochthema aus. Aber dahinter steckt viel mehr, glauben Sie mir.

Ich habe die Sache verfolgt. Nuhr hatte einen kurzen Audiobeitrag für die Deutsche Forschungsgesellschaft verfasst. Darin hatte er die große Bedeutung, die die Wissenschaft in unserer Gesellschaft haben sollte, betont, aber auch Kritik an ihr geäußert. Das kam bei manchen gar nicht gut an – also die Kritik.

Ja, das stimmt. In den sozialen Netzwerken gab es einen Shitstorm gegen ihn und diese Gesellschaft. Was soziale Medien am besten können, ist ja Shitstorm. Zu allem anderen sind sie meist unfähig. Aber das Thema hatten wir ja schon. Dabei war seine kritische Äußerung eigentlich nur eine Binsenweisheit, etwas, was doch Konsens in der Wissenschaft sein sollte.

Eigentlich schon, aber wie er das sagte, kann doch schnell als antiwissenschaftlich aufgefasst werden – denke ich zumindest.

Ach ja? Wie man etwas auffasst, ist Sache dessen, der es auffasst, und nicht dessen, der es ausspricht. Darf man heute etwas nur noch so aussprechen, dass es niemand irgendwie falsch auffassen kann? Das ist heute auch so eine elektrisierende Moraldiskussion, während es viel Wichtigeres gibt, über das man heiß diskutieren sollte. Aber gut. Was hat der gute Mann denn gesagt? Soll ich es mal zitieren?

Aber gerne.

Unter anderem hat Nuhr gesagt: „Wissen bedeutet nicht, dass man sich zu hundert Prozent sicher ist, sondern dass man über genügend Fakten verfügt, um eine begründete Meinung zu haben." Das stimmt ja, dem wird sicher kein Wissenschaftler widersprechen, oder? Und er sagt auch, dass man in der Wissenschaft die Meinung immer wieder ändert, wenn sich die Faktenlage geändert hat. Auch das ist Konsens innerhalb der Wissenschaft. Und daraus schließt der Kabarettist nun wörtlich: „Wer ständig ruft: ,Folgt der Wissenschaft', hat das offensichtlich nicht begriffen." Und das genau löste dann den medialen Aufschrei aus. Als wolle Nuhr damit die Wissenschaften angreifen. Aber das ist doch Irrsinn. Was meinen Sie?

Natürlich hat Nuhr recht. Aber eben der letzte Satz, diese Kritik am „Folgt der Wissenschaft", die ist meiner Meinung nach problematisch. Diese Kritik kommt ja auch von vielen Verschwörungstheoretikern. Und diese können Nuhr jetzt für ihre Zwecke missbrauchen. Das finde ich nicht gut.

Ich auch nicht, glauben Sie mir. Aber das ist dann wieder die Sache, wie man eine Aussage auffasst. Man kann sie missbrauchen, und das ist nicht gut. Dann kann man sagen, ok, ich äußere mich nur noch so, dass alles korrekt ist und keine Zweideutigkeiten mehr transportiert werden können. In diese Richtung geht ja die momentane gesellschaftliche Diskussion, nicht wahr? Aber das wäre das Dümmste, was man machen könnte. Dann könnten wir einen Großteil unseres kulturellen Lebens in die Tonne schmeißen. Dann gäbe es keine Kunst mehr, die von Mehrdeutigkeiten lebt. Das wäre eine rationalistische Reinraum-Kultur.

Aber hier geht es nicht um Kultur, hier geht es um Wissenschaft.

Und genau diese Trennung ist das große Problem. Kultur darf vielschichtig sein, der Wissenschaft gesteht man das nicht zu. Im Gegenteil: Sie muss eindeutig und präzise sein, weil sie sonst ihren Wissenschaftsanspruch verliert, vielleicht sogar zur Pseudowissenschaft degeneriert. Wissen Sie was, Herr Doktor? Die Reduzierung der Wissenschaft auf die reine Naturwissenschaft ist die wirkliche Degeneration. Diese Spaltung hat die Welt an den Abgrund geführt. Sie muss überwunden werden, soll es eine Zukunft geben. Eine Grundforderung unseres Herrn an die Menschen lautet deshalb auch, dass man den Begriff der Artenvielfalt auf die Wissenschaft übertragen muss. Bei den antiken Philosophen begann die Erkenntnis mit dem

Staunen. Heute beginnt sie mit dem Zwang, alles und jedes naturwissenschaftlich erklären zu müssen. Ein Fortschritt? – Solche Worte hören Wissenschaftler natürlich nicht gerne. Da ist der Aufschrei groß. Und jedem, der es wagt, in eine solche Richtung auch nur zu denken, wird ein Aluhut verpasst. Dabei ist eine solche Auffassung gar nicht antiwissenschaftlich, wie viele meinen, vielmehr ist sie panwissenschaftlich, also umfassend wissenschaftlich. Was meinen Sie, Herr Doktor, sind diese Gedanken zu komplex?

Hm ... Ich denke sie sind außergewöhnlich, nicht unbedingt zu komplex. Panwissenschaftlich, diesen Begriff habe ich noch nie gehört. Was meinen Sie damit?

Ja, das ist ein neuer Begriff. Es ist gerade heute wichtig, neue Begriffe zu finden, um das Neue, auf das wir hinsteuern, begreiflich zu machen. Wir müssen vieles hinter uns lassen, auch viele Begriffe, die alte Bedeutungen in sich tragen, die nicht mehr hilfreich sind. Panwissenschaftlich, das Wort wird künftig sehr wichtig sein, glauben Sie mir. – Was ich damit meine? Wenn wir die Wissenschaft mit einem Staat vergleichen, dann leben wir heute im Absolutismus. Alle Gewalt geht von der Naturwissenschaften aus, sie sind das Maß aller Dinge. Alles hat sich an ihnen zu orientieren. In diesem absolutistischen Wissenschaftsstaat gilt die Lehre des materialistischen

Naturalismus: Die Natur ist ausschließlich materiell, außerhalb des Materiellen gibt es nichts. Um diese Idee praktisch umzusetzen, hat man den Szientismus entwickelt. Er besagt, dass sich alles auf der Welt und im Universum allein mit naturwissenschaftlichen Methoden erfassen lässt. Was nicht naturwissenschaftlich beschreibbar ist, existiert nicht. So kommt es in diesem Wissenschaftsstaat zur Dominanz der Naturwissenschaften über alles und jedes. Das aber ist eine Fehlinterpretation, weil diese Auffassung die Welt letztlich ins Chaos stürzt, wie wir jetzt immer mehr sehen. Kurz und gut: Wenn wir das Bild vom Staat hernehmen, dann darf Wissenschaft nicht zentralistisch sein, sondern sie muss föderalistisch sein.

Was heißt das aber für die jetzige Situation, in der wir uns befinden, also für die Corona-Pandemie?

Dass wir zuerst von einer Corona-Krise sprechen sollten, und erst dann von einer Corona-Pandemie.

Hm ... das verstehe ich nun nicht.

Die Pandemie ist nicht die Krise, sie ist ein Teil der Krise. Der wichtigste Teil, das stimmt, aber eben nur ein Teil. Sie konzentriert sich streng auf das Epidemiologische, Biologische, Medizinische. Da geht es nur um das Virus und seine

Gefahr für die Menschen. Aber die Pandemie hat Auswirkungen auf viele andere Bereiche, vor allem die Wirtschaft, aber auch die Kultur. Und dann auf Bereiche, die direkt mit dem Menschen zu tun haben. Und da stehen andere Wissenschaften im Mittelpunkt, die nichts mit Naturwissenschaft zu tun haben: Psychologie, Pädagogik, Soziologie, ja selbst Philosophie und Theologie sind mitbetroffen. Die Corona-Krise ist eine Pan-Krise, eine allumfassende Krise. Und deshalb kann sie nur panwissenschaftlich angegangen und letztlich gelöst werden. Ich denke, das dürfte einleuchten.

Ja, gewiss.

Die Krise verlangt, dass der Absolutheitsanspruch der Naturwissenschaften innerhalb der wissenschaftlichen Disziplinen gebrochen wird. Sie können nicht die Deutungshoheit über die ganze Wirklichkeit beanspruchen. Solche Gedanken sind überhaupt nicht antiwissenschaftlich, aber sie lösen extrem scharfe Gegenreaktionen aus, so wie sie der Kabarettist Nuhr jetzt erlebt hat. Es gibt Kreise im Wissenschaftssystem, für die die Naturwissenschaft zur Ersatzreligion geworden ist. Und wie bei Religionen so üblich, reagieren ihre Vertreter oft fanatisch, wenn man sie angreift oder auch nur kritisch hinterfragt. Aber konkret zu Corona: Hier hat sich doch ganz deutlich gezeigt, wie recht Dieter Nuhr hat. Die Wissenschaft ist sich eben nicht immer einig und man kann nicht einfach sagen: Folgt der Wissenschaft! Viele kritische Stimmen auch aus der Epidemiologie, Virologie und so weiter wurden ausgeblendet, ignoriert, totgeschwiegen, ganz zu schweigen von denen aus den Geisteswissenschaften. Es wurde so getan, als gäbe es eine richtige wissenschaftliche Meinung und deren Verkünder seien die staatliche Institution des Robert-Koch-Instituts und der Ober-Virologe Drosten. Es hätte von Anfang an einen Pan-Wissenschaftsrat geben müssen, in dem alle Wissenschaften vertreten sind.

Klingt gut, vielleicht richtet man als Folge der Corona-Pandemie einen solchen ja auch ein. Ob aber mehr Wissenschaftler zu besseren Ergebnissen kommen, sei dahingestellt. Ein Stuhlkreis, der größer und bunter wird, muss nicht zwingend bessere Antworten bringen. Auch das Gegenteil könnte der Fall sein.

Stuhlkreise haben ein schlechtes Image. So schlecht sind sie aber gar nicht. Sie werden nur schlecht durch die Teilnehmer. Rechtbehalter und Alleswisser gehören dort nicht rein. Aber solange Diskussionskultur kein Schulfach ist, wird sich da nicht viel ändern, und dann dürften Sie recht behalten, Herr Doktor. Ich möchte aber noch etwas Wichtiges zur Wissenschaft sagen. Ich habe überhaupt nichts gegen die Naturwissenschaft, im Gegenteil. Wir brauchen sie dringend. Aber sie hat ihren definierten Zuständigkeitsbereich. Das wird ignoriert und man macht sie zur einzig wahren Wissenschaft, der sich alle anderen unterzuordnen haben. Das ist falsch, das ist schädlich. Dagegen muss man sich wehren, weil dadurch Wissenschaft unmenschlich werden kann.

Wenn jetzt die Leute auf den Corona-Demos rufen, wir würden in eine Diktatur geführt, dann ist das naiv. Das ist einfach Quatsch. Es droht etwas ganz anderes: die Szientokratie. Sie folgt direkt aus der Ideologie des Szientismus. Während in einer Demokratie die Macht vom Volke ausgeht, geht sie in einer Szientokratie von der Wissenschaft und den Wissenschaftlern aus. Vertreter des Szientismus versuchen heute schon auf die Politik Einfluss zu gewinnen. Bill Gates und seine Gefolgsleute zum Beispiel haben szientokratische Ziele. Hinter jeder Lobby, die große Konzerne vertreten, steht eigentlich immer der Szientismus. Der Szientismus ist die alles durchdringende Ideologie des 21. Jahrhunderts. Und niemandem fällt das auf, weil diese Wissenschaft wie ein hermetischer Zirkel ist. Nur diese Wissenschaftler kennen die geheimen Zeichen, können die Zeichen entschlüsseln. Wissen ist eben Macht. So entsteht Szientokratie. Das ist es, vor dem Dieter Nuhr warnt, wenn er sagt, man soll das „Folgt der Wissenschaft!" kritisch hinterfragen. Und es ist bezeichnend, dass er dafür so viel Gegenwind erfährt. Von Leuten, die Wissenschaft pauschal für sakrosankt erklären. Die die Wissenschaft für ideologische Zwecke missbrauchen. Wer, wenn nicht die Wissenschaft selbst, muss hier ein Veto einlegen? Wenn nicht die Wissenschaft selbst hier laut „Stopp!" ruft, verbaut sie sich die eigene Zukunft. Und damit die Zukunft der Menschheit. Corona wird dieser fatalen Entwicklung einen enormen Schub verleihen. Der Szientismus wird unweigerlich zur Staatsideologie werden. Noch in diesem Herbst wird der Staat Vertretern dieser Ideologie Lorbeerkränze aufsetzen und höchste Verdienstorden anheften. Das macht man – wenn überhaupt –, wenn eine Schlacht geschlagen und ein Sieg errungen ist. Aber nicht mitten im Kampf.

Je enger Politik und Konzerne verbandelt sind, desto größer ist die szientokratische Gefahr. Vielleicht sind wir auch schon mittendrin. Eine Szientokratie entsteht nicht offiziell als neue Staatsform, die die Demokratie abschafft. Eine Szientokratie besteht schon dann, wenn eine Demokratie von mächtigen Vertretern des Szientismus aus dem Lager großer Wirtschaftsimperien unterschwellig gelenkt wird. So gesehen sind wir heute tatsächlich schon in der Szientokratie. Der Umgang mit der Corona-Pandemie zeigt das ganz deutlich. Es wird höchste Zeit, dass die Menschen das erkennen. Aber stattdessen meckern sie nur über Grundrechtsverletzungen und schwadronieren vom totalitären Staat, der nun von Frau Merkel und Herrn

Spahn geschaffen werden soll. Dabei überschätzen sie vollkommen die Macht, die der Staat heute noch hat. Sie sollten lieber über den ohnmächtigen Staat klagen, über den blinden und hörigen – Sie können mir nicht folgen, Herr Doktor, stimmt's?

Na ja, in gewisser Weise schon – aber ich halte das doch für etwas …. na ja, sagen wir mal, überspitzt.

Heute kann nichts überspitzt genug sein, wenn man den Finger in die Wunde legen will. Machen wir morgen weiter, das Reden strengt an. Ich fühle mich in letzter Zeit so schnell müde.

Das kommt sicher von den Medikamenten. Wir haben sie ja kürzlich etwas erhöht. Die nächsten Tage habe ich frei. Aber ich werde mich wieder melden, wenn es mir die Zeit erlaubt, Mutter Corona.

Das ist gut so. Ich muss mich eh jetzt mehr sammeln und darf nicht zu viel aus mir herausgehen.

Und bitte nicht vergessen: Sie sollten heute noch zum EKG.

Ja, den Termin habe ich.

Herr Doktor, ich hätte gleich eine wichtige Frage. Sie sind Mediziner, Sie können sie mir sicher beantworten. Sagen Sie, wann endet die Pandemie?

Na ja, wenn wir dieses Coronavirus nicht mehr in der Bevölkerung haben. Wann das sein wird, weiß ich natürlich nicht. Aber spätestens, wenn es eine Impfung gibt, wird es so weit sein.

Ja, das kann sein. Vielleicht hat sich die Sache aber auch schon erledigt, bevor geimpft werden kann. Kann ja sein, die Natur ist schneller. Obwohl: Jetzt sind die Russen vorgeprescht und haben einen Impfstoff zugelassen. Wie finden Sie das?

Ziemlich bedenklich, ehrlich gesagt. Schnelligkeit vor Gründlichkeit – da muss man sehr aufpassen. Es geht schließlich um die Gesundheit von Menschen. Und da hat man in Russland bei der Zulassung wohl einige Augen zugedrückt.

Würden Sie sich mit diesem Impfstoff impfen lassen?

Nach dem, was ich heute weiß, wohl nicht. Mir wäre das Risiko zu hoch. Ich will nicht sagen, dass der Impfstoff nicht doch tatsächlich einen

Durchbruch markieren könnte. Aber das steht noch in den Sternen.

Ja, auf der ganzen Welt wird sehr viel geforscht. Bei so vielen Impfstoffkandidaten wird es wohl auch einer schaffen, wirksam und gleichzeitig verträglich zu sein.

Sicher, aber um das zu wissen, muss man ziemlich lange forschen. Und das hat man in Russland nicht gemacht, zumindest nicht nach anerkannten Standards.

Klar, da sind die anderen Kandidaten wohl seriöser, kann ich mir vorstellen. Oder man sollte es zumindest hoffen, sagen wir es mal so. Bei manchen potenziellen Impfstoffen würde ich selbst nach bestmöglicher Prüfung Bedenken haben.

Wieso?

Denken Sie doch an das neuartige Verfahren mit den genbasierten Impfstoffen. Das ist doch ziemliches Neuland. Klar, diese Methoden bringen viele Vorteile, aber welche Nachteile sich zeigen könnten, vor allem für die Geimpften, ist doch noch recht unklar, finden Sie nicht auch?

Ich denke, die Wissenschaftler tun hier gute Arbeit. Da mache ich mir eigentlich keine großen Sorgen. Und dass diese Impfstoffe unser Erbgut beeinflussen, stimmt nicht.

Sie zwingen unsere Zellen, Virusbestandteile zu produzieren. Sie programmieren Zellen gentechnisch um, das ist neu. Aber wir wollen doch nicht so eine Fachdiskussion führen. Jedenfalls ist bis heute kein einziger genbasierter Impfstoff für die Anwendung am Menschen zugelassen worden. Die Impfung gegen das neue Coronavirus wäre der erste. Und mit dem will man dann in einer Mammutimpfaktion die gesamte Weltbevölkerung impfen, jedenfalls, wenn es nach Herrn Gates geht. Wenn etwas ganz Neues flächendeckend verabreicht werden soll, gehören die Prüfungen nicht verkürzt, sondern verlängert. So sehe ich das wenigstens. Dazu braucht es keine göttliche Eingebung, da reicht gesunder Menschenverstand. Sie sagten vorhin selbst, dass man sehr aufpassen müsse, wenn Schnelligkeit vor Gründlichkeit geht. Auf die genbasierten Impfstoffe trifft das doch um ein Vielfaches mehr zu als für Impfstoffe bekannter Verfahren. Aber lassen wir das Thema. Noch mal zum Virus selbst: Ich denke nicht, dass es für die Pandemiebekämpfung eine vernünftige Strategie ist, sich das Verschwinden des Virus als Ziel zu setzen. Es wird wohl kaum gelingen. Das sagen ja auch nicht wenige Virologen. Aber diese gehören nicht zum Krisenstab der Regierung.

Wir müssen das Ganze in einem größeren Zusammenhang sehen. Nichts gegen die moderne Medizin, sie kann großartige Dinge vollbringen, aber in ihrer Sichtweise auf das Thema Gesundheit und Krankheit ist sie sehr einseitig. Das sieht man beim Thema Corona einmal mehr sehr deutlich. In der Medizin und in den Medien ist überall nur vom Virus die Rede: Wie schnell breitet es sich aus, wie viele Menschen haben sich neu infiziert und, und, und. Aber zu einer Infektion gehören immer zwei: einer, der infiziert, und einer, der infiziert wird, also das Virus und der Mensch. Man kann das vernünftigerweise nur zusammen betrachten. Eigentlich sollte das die Medizin wissen. Jeder kann auf das Virus anders reagieren: Die meisten spüren gar nichts oder haben nur ein paar unterschwellige Beschwerden, die wenigsten erwischt es stark. Warum ist das so, wenn es sich doch immer um das gleiche Virus handelt? Im Grunde genommen ist die Situation im Menschen viel entscheidender als das Virus selbst. Sie kennen doch den Satz von Pasteur: Der Erreger ist nichts, das Milieu ist alles.

Ja, natürlich, den Satz kenne ich – obwohl er eigentlich nicht von Pasteur, sondern von seinem Gegenspieler Claude Bernard stammt.

Stimmt, denn Pasteur war zeit seines Lebens völlig anderer Ansicht. Für ihn war einzig wichtig, die Krankheitserreger zu bekämpfen. Erst auf dem Sterbebett soll er Bernard zugestimmt haben. Aber die Lehrmeinung, die Pasteur zum Schluss widerrufen hat, gilt in der Medizin bis heute. Kein Ruhmesblatt, finde ich. Seither ist die Infektionslehre nur auf die Mikroben und Keime fixiert. Die Fähigkeit des Menschen, sich solcher Eindringlinge zu erwehren, spielt nur eine Nebenrolle. Das Milieu, von dem Claude Bernard sprach, bezieht sich doch auf das Immunsystem und allgemein auf die Selbstheilungskräfte im Menschen. Aber gerade die Fähigkeit zur Selbstheilung ist in der modernen Medizin kein Thema. Man hat es an die Alternativen abgegeben, die Naturheiler, Akupunkteure und Globuliverschreiber. Das war ein gravierender Fehler, der sich nun rächt. Jede Infektion trainiert das Immunsystem, damit es für weitere Angriffe besser gewappnet ist. Wer optimale Leistung erbringen will, muss seine Fähigkeiten gut trainieren. So einfach ist das. Eigentlich hat die Alternativmedizin das Thema viel besser verstanden als die Schulmedizin.

Dazu kann ich nicht viel sagen – mit diesen Methoden kenne ich mich zu wenig aus. Jedenfalls sind die meisten von ihnen wissenschaftlich nicht anerkannt und konnten ihre Wirksamkeit nicht beweisen.

Das mag sein. Das hat aber seinen Grund teilweise auch darin, dass die Vorgaben für die Beweiserbringung von der naturwissenschaftlichen Schulmedizin erstellt werden. Es werden nur absolut hochwertige kontrollierte Doppelblindstudien akzeptiert, alle anderen Prüfungsmethoden werden als ungeeignet abgetan. Wenn die Wissenschaft vorgibt, dass ein Gegenstand in ein quadratisches Loch passen muss, dann werden rechteckige Gegenstände an dieser Art Prüfung scheitern. Man sagt dann, Rechtecke könnten den Beweis nicht erbringen, durch das Loch zu passen. Das ist dann alles rational und logisch richtig, bis man merkt, dass es doch hindurchpasst, wenn man es etwas zusammendrückt. Vielleicht ist es ja aus Gummi. Gut, das mag wieder ein hinkender Vergleich sein, verzeihen Sie, aber es zeigt doch klar: Die Medizin hat sich in ihrer Einseitigkeit verrannt. Der Organismus, der krank geworden ist, spielt kaum eine Rolle bei der Gesundung. Er ist lediglich das Objekt, an dem etwas vorgenommen wird. Das Maschinenmodell des René Descartes kreist immer noch in den medizinischen Köpfen herum, ja, mehr noch: Es ist das Evangelium der modernen Medizin. Und nach dieser Vorgabe wird nun auch Corona bekämpft, nach dem Motto: Es existiert nur, was im Raum zwischen meinen Scheuklappen Platz hat. Eine sehr bedenkliche Entwicklung.

Das ist aber auch wieder eine recht einseitige Sichtweise, finde ich.

Einseitige Sichtweisen erkennt man meist erst dann, wenn man das Fehlende ebenso einseitig betont. Es geht ja nicht um die eine oder die andere Seite, es geht darum, beide als Teile eines Ganzen zu erkennen. Denken Sie an meinen

Freund Martin Walser: Nichts ist ohne sein Gegenteil wahr. Das ist jetzt ziemlich philosophisch. Aber man kann das in Bezug auf die Medizin ganz gut erklären. Es gibt eine Medizin, aber zwei Richtungen. Die eine Richtung ist das, was man gemeinhin als Schulmedizin bezeichnet. Sie orientiert sich am materialistisch-mechanistischen Weltbild und arbeitet deshalb mit Interventionen von außen, die etwas Bestimmtes bewirken sollen, also im kausalistischen Sinn. Chemische Substanzen bewirken im Organismus dies oder jenes, mechanische Eingriffe wie etwa Operationen richten Veränderungen an den Organen oder Knochen, Strahlungen erzeugen auf physikalischem Weg ganz bestimmte Wirkungen in Geweben, und so weiter, Sie verstehen. Oder jetzt bei Corona: Impfstoffe bewirken, dass der Organismus Antikörper produziert. Das ist immer das gleiche Muster. Zielrichtung ist, durch spezielle Eingriffe etwas ganz Bestimmtes zu bewirken. So funktioniert die moderne Medizin. Mit mechanischem, chemischem oder physikalischem Zwang. Das ist auch gar nicht verkehrt, im Gegenteil. Aber es ist eben nur ein Teil der Wirklichkeit, und das wird vergessen.

Der andere Teil der Medizin orientiert sich an der Selbstregulation lebender Organismen, also der legendären Selbstheilungskraft. Das geschieht manchmal ganz unbewusst. Bei Selbstheilung denkt man immer gleich an Alternativmedizin und so, aber das ist verkehrt. Schauen wir doch mal in Ihr Metier, Herr Doktor. Die Psychotherapie verabreicht in der Regel ja kein spezifisches Agens, das nach kausalistischem Muster im Organismus kranker Menschen etwas ganz Bestimmtes auslöst. Das tun Sie, wenn Sie Tabletten geben, wie ja auch mir, seit ich hier bin. Aber Gesprächstherapie, Verhaltenstherapie, Hypnotherapie, da ist kein Ding, das Wirkungen erzeugt. Und doch können Wirkungen da sein. Sie kommen von innen, werden von außen lediglich angestoßen. Die Fähigkeit zu solch einer Regulation ist im Inneren angelegt. Und alle Heilverfahren, die einen solchen Impuls setzen – also, dass es von innen her heilt –, gehören zum zweiten Teil der Medizin, zur Selbstheilmedizin. Klar gehören auch viele alternative Verfahren dazu, aber eben nicht nur. Und dieser zweite Teil der Medizin spielt eigentlich kaum eine Rolle oder ist eher eine Sache am Rande. Das muss sich ebenfalls grundlegend ändern, wenn die Menschheit diese schwere Krise überstehen will.

Wie soll das geschehen, Mutter Corona?

Ohne Änderung der Denkweise geht auch da nichts. Der Absolutheitsanspruch, den die Naturwissenschaften auf die Medizin erheben, ist dabei das größte Problem. Medizin ist kein Anhängsel der Naturwissenschaft, ja ist nicht einmal angewandte Naturwissenschaft. Ganz einfach deshalb, weil die Naturwissenschaften medizinische Fragen nicht allein beantworten können. Lebende Organismen sind keine Dinge, die man mathematisch exakt verrechnen kann, erst gar nicht, wenn sie so hochkomplex sind, wie es die Menschen nun mal sind.

Wenn die Menschheit eine Zukunft haben will, muss sich die Medizin dieser beiden Ebenen bewusst werden und sie als gleichwertig ansehen. Dann gibt es eine Fachmedizin für kausale Interventionen und eine für eher unspezifische Selbstheilungsimpulse. Klingt jetzt etwas gestelzt, vielleicht findet jemand irgendwann mal bessere Ausdrücke dafür. Aber die Grundlage dieses Gedankens ist sehr wichtig. Dazu gehört auch, dass die beiden Pfeiler nur als symbiotisches System funktionieren können. Nur gemeinsam können sie die komplette Medizin darstellen. Da liegt noch viel Arbeit vor den Medizinern. Aber was tut man stattdessen? Man bekämpft die Alternativmethoden und will sie aus der Medizin verbannen. Und das mit ganz fadenscheinigen Gründen, die vorgeben, wissenschaftlich zu sein. Ich kann es nur banal sagen: Etwas Dümmeres hat es in der Medizin schon lange nicht gegeben.

Sehr aufschlussreich, Mutter Corona. Lassen Sie uns morgen weiter darüber sprechen?

Dafür bin ich stets bereit, Herr Doktor.

Zehntes Gespräch

Wir haben gestern über Medizin gesprochen, Mutter Corona. Das war spannend. Es ist ja auch mein eigenes Metier. Haben Sie zu diesem Thema noch etwas zu sagen, was für mich wichtig wäre?

Nein. Da ist alles gesagt. Medizin ist wichtig, klar. Aber es gibt noch einen Bereich über dem Medizinischen, über den wir bisher nur am Rande gesprochen haben. Das ist die Religion.

Ah ja, und das ist jetzt natürlich Ihr Metier ...

Unser aller Metier.

Ja, vielleicht. – Nun, da bin ich natürlich auch gespannt, was Sie dazu zu sagen haben.

Das sollten Sie auch. Medizin ist ja der Bodennebel des Religiösen.

Wieder ein interessantes Bild. Was meinen Sie damit?

Medizin und Religion haben mit dem Heil zu tun, entweder mit dem körperlichen oder psychischen oder eben mit dem Seelenheil. Aber das Heil ist beiden gemeinsam. Medizin beschäftigt sich mit dem leiblichen, Religion mit dem spirituellen. Deshalb ist Medizin der Bodennebel des Religiösen. Aber das ist nicht abwertend gemeint. Nebel ist Wasser in seiner subtilsten Form. Und wenn die Felder sich mit Nebel bedecken, dann ist das doch auch eine schöne Botschaft für den Acker und seine Früchte: Das Lebenspendende kommt nicht nur von unten, sondern auch von oben. Das kann man durchaus auf eine religiöse Art deuten. Medizin hat auch etwas Religiöses, obwohl sie vordergründig mit Religion nichts zu tun hat. Aber das sind Spitzfindigkeiten. Viel wichtiger ist jetzt in diesen wirren Zeiten doch die Frage nach der Stellung der Religion. Und auch da ähnelt sie der Medizin: Es steht nicht gerade gut um sie.

Tja, die etablierten Religionen verlieren immer mehr an Bedeutung, und den Kirchen laufen die Gläubigen davon.

Das ist nicht verwunderlich. Das gehört zur großen Krise, in der Corona nur der bisher letzte Akt ist. Die Welt hat schon sehr lange begonnen, sich vom Religiösen zu emanzipieren. Das kann man schon bei den alten griechischen Philosophen sehen. Das heute so dominante materialistische Denken hat ja auch dort seinen Ursprung. Es verwundert viel mehr, dass es rund zweieinhalbtausend Jahre gedauert hat, bis das Religiöse im Sumpf der Bedeutungslosigkeit zu versinken beginnt. Aber es ist ja nicht das Religiöse. Das ist die falsche Formulierung, es ist die

Religion. Religion ist das menschliche Konstrukt des Religiösen. Eine Hütte, die man gebaut hat, damit man Gott dort hineinstecken kann. Das wollten die Menschen ja immer. Auch die Jünger in der Bibel, als sie bei der Verklärung unseres Herrn auf dem Berg Hütten bauen wollten, damit man das Erhabene dort einsperren und für immer behalten konnte. Welche Illusion. Aber: Religion hat durchaus ihren Sinn, nämlich als Gemeinschaft von Gläubigen, die eine bestimmte Form von Religiosität verbindet. In diesem Sinn soll Religion durchaus Strukturen bilden, um dem Religiösen Form und Gestalt zu geben. Aber sobald sich Religion zur Lehre entwickelt, die vorgibt, wie die Gläubigen das Religiöse anzuwenden und zu leben haben, dann degeneriert sie und geht irgendwann zugrunde. An diesem Punkt stehen wir nun. Und das betrifft durch die Bank alle Religionen.

Die Menschen wenden sich also nicht deshalb von den Kirchen ab, weil sie keinen Bezug zum Religiösen mehr haben, sondern weil sie die Religion eher als Hemmschuh für ihre eigenen religiösen Empfindungen wahrnehmen. Kann man das so sagen?

Ja, ganz genau. Zumindest ist das bei vielen Menschen so. Das sieht man ja auch daran, dass sie sich dann Ersatzreligionen suchen oder sich ihre eigene Religion zurechtzimmern. Aber das wird dann manchmal auch esoterisch kontaminiert und chaotisch. Nicht wenige der Corona-Demonstrierenden kann man in diese Kategorie einordnen. Die Q-Anon-Bewegung ist da eine brandgefährliche Entwicklung. Wenn ein US-Präsident zum religiösen Erlöser hochstilisiert wird, dann brennt die Hütte schon lichterloh – wenn ich das Bild von der Hütte noch mal benutzen darf.

Religionskritik gibt es ja schon lange. Wenn ich Ihre Worte richtig interpretiere, dann stimmen Sie dieser in vielem zu.

Richtig. Aber es kommt drauf an, welche Art von Religionskritik man meint. Es gibt durchaus religionsfreundliche Richtungen und solche, die explizit religionsfeindlich sind. Luther war ein religionsfreundlicher Religionskritiker, sonst hätte er keine neue Konfession begründet. Heute ist die Religionskritik deutlich religionsfeindlich eingestellt. Vor allem, wenn die Kritik aus dem Lager der Atheisten kommt – was kaum verwundern dürfte. Atheisten wollen die Religion schließlich nicht reformieren, sondern abschaffen. Ich bin Prophetin, Herr Doktor. Ich habe den Auftrag, mit den Religionen hart ins Gericht zu gehen, aber gewiss nicht, sie auszulöschen.

Atheistische Ideen stehen zurzeit hoch im Kurs, zumindest in gewissen Kreisen, unter jungen, wissenschaftsorientierten Leuten zum Beispiel.

Der evolutionäre Humanismus vertritt so eine Anschauung. Er will Religion abschaffen und bietet sich selbst als weltanschaulichen Ersatz dafür an, ohne aber als Ersatzreligion bezeichnet werden zu wollen. Das funktioniert aber nicht. Der evolutionäre Humanismus sieht sich als evidenzbasierte Weltanschauung, also als eine Weltanschauung, die auf Beweisen basiert. Das ist ein Widerspruch in sich. Damit ist für ihn nur das existent, was sich naturwissenschaftlich beweisen lässt. Da passt aber unsere Welt überhaupt nicht rein. Wie viele Rätsel gibt es doch in ihr, die sich jeder naturwissenschaftlichen Deutung widersetzen! Eine Weltanschauung ist eine Erklärung der Welt. Da diese sehr unterschiedlich ausfallen kann, gibt es auch so viele Arten von Weltanschauung. Die rein szientistische dieser Humanisten ist eine solche Art, aber eben nur eine unter vielen.

Menschen wollen keine Religion, die ihnen alles wissenschaftlich erklärt, auch keine Quasi-Religion auf wissenschaftlicher Basis. Menschen suchen nach einer Religion, um die ewigen Fragen nach Lebenssinn, Leid und Tod beantworten zu können. Menschen werden religiöse Weltanschauungen immer nur danach beurteilen, wie sie ihre existenziellen Fragen beantworten, und nicht, wie sie die Welt evidenzbasiert erklären. Für die existenziellen Fragen gibt es eben keine evidenzbasierte Erklärung. Das ist der zentrale Denkfehler der Weltanschauungs-Humanisten.

Sie sprechen von den Religionen, sind selbst aber Christin ...

Diese Bezeichnung beschreibt wieder eine Hütte. Meine Botschaft gilt allen Hütten, in denen die Menschen ihren jeweiligen Gott eingesperrt haben. Es ist eine Zeit der großen Bedrängnis. Vielleicht müssen alle Hütten in Flammen aufgehen, damit aus ihrer Asche das wahre Religiöse neu gereinigt und geläutert hervorgehen kann. Sie kennen das Bild vom Phönix aus der Asche. Vielleicht können wir den vernichtenden Brand noch verhindern, vielleicht auch nicht. Das weiß nur Gott. Meine Aufgabe ist nur, laut und deutlich davon zu sprechen, ob man mich nun hören will oder nicht. Für prophetische Worte ist es zweitrangig, ob sie sogleich verstanden werden oder nicht. Wichtig ist, dass sie ausgesprochen werden. Das Gesprochene findet nicht immer ein offenes Ohr. Manchmal muss es sehr lange unbemerkt die Lüfte durchschwingen, ehe es auf ein solches trifft. Für die Wahrheit ist Zeit relativ.

Mutter Corona, es scheint Ihnen wichtig zu sein, zwischen der Religion und dem Religiösen zu unterscheiden. Habe ich Sie richtig verstanden, dass Religion dem Religiösen manchmal, sagen wir mal, im Wege steht?

Gewiss. Religion kann vom Menschen gemacht werden, so wie man eben eine Hütte baut. Das geht beim Religiösen nicht. Es ist einfach da. Der Mensch kann entweder einen eigenen Zugang zu ihm finden oder eben auch nicht. Aber auch wenn er das nicht kann, ist das Religiöse trotzdem da.

Ist das Religiöse ein Synonym für Gott?

Nein, natürlich nicht. Gott ist durch nichts greifbar. Man sollte ihn als Existenz einfach so stehen lassen und nicht begreifen wollen. Das führt im besten Fall zu nichts und im schlimmsten Fall zu religiösem Wahn mit Mord und Todschlag. Dann nämlich, wenn man ihn mit der Hütte gleichsetzt, was in vielen Religionen der Fall ist. Das Religiöse ist ja eine Substantivierung von religiös. Durch die Substantivierung bekommt das Adjektiv religiös gewissermaßen mehr Breite und Tiefe, allerdings auch mehr Unschärfe. Das hat das Substantivieren grundsätzlich an sich: Ob das Böse, das Schöne, das Sentimentale oder das Kranke, immer geht damit Klarheit in der Bestimmung verloren. Das Religiöse macht da keine Ausnahme. Daher kann man diesen Begriff auch aus verschiedenen Blickwinkeln deuten.

Und wie deuten Sie ihn?

Als Gegenpart zur Religion. Religion ist konstruierbar, das Religiöse ist nur erfahrbar. Bei Religionen geht es um Ideen, aus denen Lehren hergeleitet werden, aus denen man für die Gläubigen Handlungsanweisungen macht. Religion hat ihren Ursprung im Außen. Das Religiöse ist ganz anders. Es ist außen, innen, überall. Es ist etwas in jedem Menschen ganz individuell Angelegtes. Das religiöse Gespür hat etwas von einem Verlangen, einer Sehnsucht, ja vielleicht auch einem Eros, einer Libido, die sich ins Transzendente erstreckt. Man könnte diese Auslegung des Religiösen auch mit Mystik beschreiben. Wenn man es mit dem christlichen Symbol des Kreuzes vergleicht, dann ist Religion der horizontale Balken und das Religiöse der vertikale. Beide treffen sich in der Mitte. In dieser Mitte hört die Zweidimensionalität auf. Die Balken haben ein Oben und ein Unten, ein Links und ein Rechts. Wo sie sich durchdringen, fallen diese Gegensätze zusammen. Wenn Gott irgendwo lebt, dann dort. Der Fehler der Religionen ist es, das nicht zu erkennen und sich selbst zur Wohnstatt Gottes zu erklären.

Das Christentum ist ja die Religion des Jesus von Nazareth. Er soll am Kreuz gestorben sein ...

Das Christentum ist nicht die Religion des Jesus von Nazareth. Die haben sich später seine Anhänger ausgedacht. Das Thema Religion war nicht das Thema von Jesus. Jesus war Jude, wurde als Jude geboren und starb als Jude. Es wollte das Judentum nie durch eine neue Religion ersetzen. Jesus hat sich einzig und allein dem Religiösen verschrieben, dem Inneren, nicht dem Äußeren. Denn so steht es im Evangelium der Maria Magdalena, das man erst im 19. Jahrhundert im Wüstensand wiederentdeckte: „Ich habe euch kein Gesetz gegeben, wie Gesetzesstifter es tun. Ihr sollt nicht durch das Gesetz ergriffen werden." Ihm war die persönliche Beziehung zwischen Mensch und Gott wichtig. Deshalb hat er auch so oft das Bild vom Kind und vom Vater benutzt. Aber jetzt kommt das Entscheidende: Die Figur des Jesus kann man nur als Androgyn deuten. Biologisch war er ein Mann, als Erlöser ein Androgyn, also ein Zwitter. Deshalb kann man vom Religiösen her Jesus nur zusammen mit Maria Magdalena deuten. Sie war seine Gefährtin und engste Vertraute. Biologisch war sie eine Frau, im Kontext des Religiösen war sie die weibliche Seite des Erlösers.

Soll sie nicht die Frau von Jesus gewesen sein? Ich glaube, so etwas mal gehört zu haben.

Das ist reine Spekulation und völlig belanglos. Maria Magdalena war die weibliche Seite des Erlösers. Nur das zählt. Die Jünger spürten das, und sie hatten kein gutes Gefühl dabei. Nach dem Tod des Meisters wurde ihnen Maria Magdalena unheimlich. Und so kam es, wie es kommen musste: Maria Magdalena wurde von

Petrus und Paulus ermordet. Sie war ihnen zu stark geworden. Starke Frauen sind gefährlicher als starke Männer. Starke Männer können die Welt nur im Horizontalen verändern, aber starke Frauen sind fähig, sie auch vertikal zu verändern. Für Petrus war die Vorstellung, eine Frau könnte einen messianischen Status innehaben, vollkommen abwegig, ja häretisch, also gotteslästerlich. Und so ist es bei den Zölibatsfetischisten innerhalb der katholischen Kirche heute noch. Paulus wollte den Julius Caesar durch den Jesus Christus austauschen – J. C. durch J. C. – und wollte ein Machtimperium des Geistes schaffen. Hat ja auch geklappt, irgendwie … oder war es doch anders? Waren das die Leute, die nach Paulus kamen? Jedenfalls hat sich das Christentum die Wunde des paternalistischen Sündenfalls selbst geschlagen.

Ich – Mm – da ist jetzt wieder dieser komische Schwindel, Herr Doktor. Der bringt meine Gedanken durcheinander … ich habe ein ungutes Gefühl. Habe ich jetzt etwa etwas Falsches gesagt, Herr …?

Dann lassen wir es für heute gut sein …

Nein, noch nicht. Nur noch so viel: Paulus hat sich nicht sehr dafür interessiert, was in Jerusalem und Galiläa mit dem Mann aus Nazareth wirklich geschah. Er war viel zu beschäftigt mit seiner eigenen Vision und der Kirche, die er bauen wollte. Magdalena wollte das Werk des Meisters weiterführen – das Werk, an dem er gescheitert war: den Himmel auf die Erde bringen, das Reich Gottes. Also dem Religiösen eine angemessene Heimstätte bauen. Deshalb ist Maria Magdalena so schnell von der Bildfläche verschwunden. Und Gott wartet immer noch darauf, im christlichen Kreuz zum Erlöser zu werden. Das kann er erst, wenn die Christen erkennen, dass man ihn nur dort findet, wo die Balken des Kreuzes sich berühren, wo die Gegensätze zusammenkommen und gleichzeitig in sich zusammenfallen. Diesen Kreuzungspunkt gibt es auch in jedem Menschen. In seinem Herzen. Nur dort kann das Religiöse frei atmen.

Gott will, dass das Christentum nach Corona in seiner ursprünglichen Idee wiederaufersteht. Viele Menschen tragen eine Hassliebe gegen das Christentum in sich. Sie verabscheuen es, können aber nicht von ihm lassen. Das auferstandene Christentum wird sie als Jüngerinnen und Jünger haben. Der Kern der Bewegung wird die nazaräische Barmherzigkeit sein. Sie fußt auf einem einzigen zentralen Gebot: Legt einander die Hände auf und vergebt einander eure Sünden. Nur von diesem Gebot kann die große Heilung ausgehen, die die Welt nun braucht. Die Fußwaschung muss ins Zentrum der Erlösungsgeschichte rücken, ohne die Abendmahl, Kreuzigung und Auferstehung undenkbar sind.

Das gehört dann wohl auch zur Botschaft, die Sie uns zu übermitteln haben, Mutter Corona.

Ja. Das ist sogar der Kern der Botschaft. Wenn die Menschen diese Erkenntnis aufgenommen haben, werden sich alle übrigen Konflikte auflösen. Hier, und nur hier, liegen das Alpha und das Omega. So, nun lassen wir es für heute so stehen, Herr Doktor.

Ja, gewiss.

Elftes Gespräch

Mutter Corona, Sie sehen heute Morgen etwas müde aus. Haben Sie schlecht geschlafen?

Das weiß ich nicht. Es ist für mich momentan schwer, zwischen Schlafen und Wachen zu unterscheiden. Es war eine unruhige Nacht, das kann ich sicher sagen.

Es gab ja am Wochenende wieder eine große Demo in Berlin. Es sollen sogar Rechtsextreme versucht haben, den Reichstag zu stürmen ...

Mag sein. Nun geht es eben seinen Gang. Die Zeit der großen Spaltung ist nicht mehr abzuwenden. Corona wird in die Zentren der Macht vorstoßen, egal wie viele Leute jetzt protestieren, oder morgen, oder übermorgen. Ich sehe eine düstere Zeit kommen, die als neues, lichtes Zeitalter proklamiert wird. Aber in seiner kalten Sonne werden viele Seelen erfrieren. Alles Alternative im Denken und Leben, sei es in der Gesellschaft, in der Medizin, in der Pädagogik, in der Landwirtschaft wird man verächtlich machen und ihm den Mantel einer braunen Gesinnung umhängen. Demeter-Bauern werden geächtet werden, Waldorfschüler bekommen keine Stelle und Impfkritikern wird man die Teilhabe am gesellschaftlichen Leben verwehren. Esoterik wird das neue große Schimpfwort werden. Man wird die Praxisschilder von Homöopathen und Heilpraktikern mit Hakenkreuzen besudeln, und die Schmierfinken werden sich dabei auf die höchsten Koryphäen des deutschen Wissenschaftsjournalismus berufen, die offen und ungeniert Anhänger der Homöopathie mit Nazis in einen Topf werfen. Denn sie würden die Wurzeln der Demokratie gefährden. Die Demokratie aber wird den Szientismus zur Staatsideologie erheben, die die Gesellschaft mit digitaler Überwachung überzieht. Und die Menschen werden das unter Hosiannarufen bejubeln, weil das ihnen die Illusion gibt, wieder an etwas Wahres glauben zu können. Und sie werden immer noch glauben, der Souverän im Staate zu sein. Die Spaltung geht tief und sie ist schmerzhaft. Das Wahre, Gute und Schöne wird man ersetzen durch das Rationale, Beweisbare und Nützliche. Alle, die den Wandel nicht mitmachen, wird man verachten und ausstoßen. Aber lassen wir das. Ich will nicht mehr darüber reden. Es ist die Zeit des Ölbergs. Es fühlt sich nach Verlassenheit an. Zeit, um nochmals Huxley und Orwell zu lesen.

Heute Nacht sprach Gott wieder zu mir. Aber ich hatte Mühe, all die Worte in mich aufzunehmen. Das kostete viel Kraft. Während er sprach, hatte ich immer wieder das Gefühl, mich von ihm zu entfernen, als würde das Band, das uns nun seit Wochen eng verbindet, schwächer werden. Manchmal hatte ich sogar Angst, dass es reißen würde. Aber es ist mir schließlich doch gelungen, seine Botschaft in mich aufzunehmen. Mit viel Gebet.

Schön. Wollen Sie von dieser Botschaft sprechen, Mutter Corona?

Natürlich, dazu ist sie ja da. Sie soll verkündet werden. Alles soll verkündet werden. Gott wird durch mich sprechen, wenn ich erst in Berlin bin. – Aber Berlin ist jetzt weit hinter den Hügeln ... Die Müdigkeit ist wie ein Nebel, der aus den Herbstfeldern aufsteigt. Wir nähern uns ja dem Herbst, nicht wahr, Herr Doktor? Zeit der Reife und der Ernte. Hoffentlich sind meine Früchte nicht verfault ...

*Das klingt etwas nachdenklich, fast melancho-
lisch ...*

Kann sein. Die letzte Zeit hier bei Ihnen hat viel
Kraft gekostet ... Wollen Sie die Botschaft von
heute Nacht hören, Herr Doktor?

Sicher, sehr gerne.

Wie gesagt, es war alles etwas schwer für mich.
Gott sprach wie immer kraftvoll und mächtig.
Aber ich war schwächer als sonst. Oder aber, die
Botschaft ist wichtiger als sonst. Das kann auch
sein. Ich denke fast, dass es so ist. Es sind tiefe
Worte. Und zum ersten Mal habe ich das Ge-
fühl, dass ich Gottes Wort selbst nicht verstehen
kann. Ich glaube, das ist es, was mich jetzt sehr
nachdenklich macht. Warten Sie einen kleinen
Moment noch. Ich werde die Worte sortieren ...

–

Das waren die Worte, die Gott an mich richtete:
„Achtet auf die Zeichen der Zeit. Es wird das
Böse aufbegehren gegen das Gute und das Gute
gegen das Böse. Die Menschen werden selbst
bestimmen, was gut und was böse ist, weil sie
das Band sowohl zu ihrem Gewissen wie auch
zum Göttlichen verloren haben. Es werden Hee-
re des Lichts gegen jene des Dunkeln kämpfen,
und es werden sich Kinder gegen ihre Eltern
erheben, Nachbarn gegen Nachbarn und Freun-

de gegen Freunde. Die Menschen werden ihren Gott zum Streite gegen den Teufel rufen. Und er wird tun, wie ihm der Mensch befiehlt, weil der Mensch sein Schöpfer und Gebieter ist. Ebenso gehorcht ihr Teufel, da auch er sein Leben dem Menschen verdankt. Es ist die Zeit der letzten Schlacht. Das Böse wird das Gute verschlingen und das Gute das Böse.

In jenen Tagen wird ES geboren. Dann aber geht im Osten die Sonne auf und im Westen der Mond. Gleichzeitig wandern beide zum Gipfel des Sternenzeltes. Und wenn sich hoch oben Mond und Sonne vermählen, versprüht sich der Geist im stillen Lustschrei als Milchstraße ans Firmament seiner eigenen Seele. In diesem Moment hat ES sich selbst gezeugt. Niemand beachtet es, wenn es sich, in seiner Nacktheit reich bekleidet, ins Moos der letzten feuchten Wälder legt. Aber nun ist ES da. Nun kann der menschengemachte Gott in Ruhe sterben, denn es ist vollbracht. Und des Menschen Teufel haucht lächelnd seinen Odem aus. Adam und Eva haben das Paradies zurückerobert. Die Schlange vermählt sie zu dem Einen, das sie immer waren. Dann wird der Baum der Er-kenntnis verdorren und der letzte Apfel fällt faulend ins Gras. Und in diesem Augenblick wird der wahre Gott von den Toten auferstehen.

So sprach Gott zu mir ... Und wenn ich diese Worte nun wieder höre, dann weiß ich selbst nicht, wer Gott nun ist ... Ich habe das Gefühl, etwas löst sich auf ... Etwas wird mir fremd. Mir ist schwindlig. Es ist, wie wenn mein Kopf alle seine Fenster öffnet. Vögel fliegen davon. Die Farben beginnen sich zu ändern. Man verlegt mich in ein anderes Zimmer ... Ich glaube, ich brauche jetzt Ruhe.

Ja, das sehe ich auch so. Gehen Sie bitte auf Ihr Zimmer. Sie werden nicht verlegt. Ich werde nachher vorbeikommen. Möglicherweise sollten wir noch einige Untersuchungen machen. Ich bin jetzt aber guter Dinge, dass unsere Therapie nun anschlägt. Sie dürfen zuversichtlich sein.

Danke, Herr Doktor.

Zwölftes Gespräch

Nun, wie geht es Ihnen heute?

Gut. Nur eben noch sehr müde. Und schwindlig ist es mir beim Aufstehen immer noch.

Das hat mit den Medikamenten zu tun, wie ich schon sagte. Wir mussten sie über die letzten Wochen hinweg schrittweise erhöhen. Aber zum Glück sind keine anderen Nebenwirkungen aufge-treten, obwohl es doch eine ziemlich lange Zeit brauchte, bis die Therapie angesprochen hat. Aber nun ist es so weit. Wir können recht zufrieden sein. Und das eröffnet auch gewisse Perspektiven, wann wir Sie wieder entlassen können.

Und wann?

Ganz einfach ist das nicht zu sagen. Wir müssen noch die weitere Entwicklung abwarten. Aber es könnte durchaus in zehn bis vierzehn Tagen so weit sein. Vorausgesetzt, es entwickelt sich alles weiterhin so positiv.

Heute Nacht kam mir zum ersten Mal in den Sinn, was denn mit meiner Wohnung ist ... Wer kümmert sich um die Pflanzen, die Post und so?

Das haben wir alles geklärt. Ihre Schwester schaut danach.

Aber die wohnt doch in Hamburg ...

Ja, aber sie hat das geregelt, Sie müssen sich darum keine Gedanken machen. – Aber wie sieht es im Moment bei Ihnen aus? Welche Gedanken beschäftigen Sie zurzeit noch?

Weiß nicht. – Muss ja dann auch bald wieder zur Arbeit. Wie läuft das denn?

Auch das klären wir noch ab. Es gibt die Möglichkeit der Wiedereingliederung. Da arbeiten Sie dann nur stundenweise und unter Anleitung. Das wird sicher kein Problem werden. Das geht ja auch stufenweise und je nach Ihrer Verfassung. – Und wie ist Ihre Gedankenwelt sonst?

Hm ... irgendwie seltsam. Wie wenn ich in einem Film gewesen wäre. Ein Film, in dem ich die Hauptrolle gespielt habe. Aber das ist mir jetzt so komisch fremd, wie wenn ich es ... nein, geträumt kann man auch nicht sagen. – Ich kann es Ihnen nicht erklären. Aber ich bin froh, dass es vorbei ist.

Darf ich Ihnen dazu noch ein paar Fragen stellen, Frau S.?

Ja.

Haben Sie schon einmal wissenschaftliche Bücher gelesen? Also zum Beispiel über Medizin, Astronomie, Philosophie oder Theologie?

Ich weiß nicht, was Sie meinen ... Bücher sind nicht so meins, müssen Sie wissen. Lesen tu ich eigentlich nur die Romane vom Kiosk, also diese Hefte. Ein ehemaliger Schulfreund hat den Kiosk am Bahnhof, da geh ich eigentlich regelmäßig hin. Hefte hol ich aber nur manchmal, meist hol ich mir da meine Zigaretten. Lesen strengt einfach zu sehr an. Da muss man viel mitdenken. Ich bin eher der praktische Typ.

Gibt es in Ihrer Familie Menschen, die studiert haben?

Nein. Wir sind alle ziemlich bodenständige Leute. Aber meine Oma hat viel in der Bibel gelesen, das weiß ich noch.

Kennen Sie vielleicht wissenschaftlich ausgebildete Menschen in Ihrem näheren Umfeld, Freunde oder Bekannte vielleicht?

Nein. Wie gesagt: Das ist nicht so meine Welt. – Wieso fragen Sie eigentlich, Herr Doktor?

Nur aus persönlichem Interesse ... Weil wir uns ja so gut unterhalten haben in all den Tagen.

Ach so ... Ja, wir haben viel geredet. Aber was redet man schon alles, wenn der Tag lang ist, nicht wahr?

Mag sein. Aber es war sehr spannend, sich mit Ihnen zu unterhalten.

Schön, wenn es Ihnen Spaß gemacht hat. Ich weiß schon gar nicht mehr, was wir da alles gelabert haben ... Ist das wichtig? Also, dass ich das noch weiß?

Hm, vielleicht ... – Aber nein, das müssen Sie nicht mehr wissen. Jetzt haben Sie diese akute

Phase ja überstanden. Sie sollten nun die Augen nach vorne richten.

Ja, das mach ich jetzt. Danke für Ihre Mühe.

Nachtrag

Mitte September 2020 wurde Petra S. aus der psychiatrischen Klinik entlassen. Nach einiger Zeit begann sie an ihrem alten Arbeitsplatz im Altenheim die Wiedereingliederung in den Beruf. Kurz darauf reichte sie jedoch die Kündigung ein und zog Ende Oktober zu ihrer Schwester nach Hamburg. Dort trat sie eine Stelle als Pflegekraft im Haushalt eines verwitweten Arztes an.

Der Autor

Jan J. Laurenzi ist ein Pseudonym. Der Autor ist Schriftsteller und veröffentlicht seit Jahren in einem Spezialgebiet. Seit seiner Jugend beschäftigt er sich aber intensiv mit philosophischen, medizinischen, religiösen und spirituellen Themen. Sein Wahlspruch ist ein Aphorismus von Martin Walser: *„Nichts ist ohne sein Gegenteil wahr"*.